PRÉFÉRER L'HIVER

ISBN numérique : 979-10-262-2384-9
EAN papier : 9791026223856

librinova

Courriel : contact@librinova.com
Internet : www.librinova.com

Aurélie Jeannin

Préférer l'hiver

Dans notre hémisphère, la durée de l'hiver est de 89 jours. C'est la saison la plus courte. En réalité, le froid s'installe six mois environ. En automne, il rôde l'air de rien, avant de gagner les collines et de se rapprocher par les plaines. Là, il accélère le pas et prend la forêt en étau, comme le ferait la mer qui monte. Une fois qu'il nous a saisis, le mieux que nous ayons à faire est de trouver l'équilibre entre un mouvement qui nous permette de vivre, et une économie de gestes qui nous permette de ne pas mourir. L'hiver, notre lieu de vie me fait l'effet d'une station de recherche. L'été, je trouve qu'il ressemble à un refuge.

Maman et moi vivions ici depuis un peu plus de trois ans quand nous avons reçu le coup de fil. Au milieu des pins, des chênes et des bouleaux, au bout de ce chemin sans issue que deux autres propriétés jalonnent. C'est elle qui m'avait proposé de nous installer ici. Et je n'étais pas contre. J'avais grandi dans cette forêt. Le lieu m'était familier et je savais que nous nous y sentirions en sécurité. Qu'il serait le bon endroit pour vivre à notre mesure. Je n'étais plus capable de le faire en ville ; j'y avais usé l'intégralité de mes rêves et bien pire. Maman y avait perdu notre père. L'une comme l'autre n'y trouvions plus notre place. Nous avions besoin d'un rien qui nous allège et nous emplisse à la fois. Cela avait été un peu étrange au tout début. Il m'avait fallu du temps pour me réapproprier les lieux comme une adulte. Et pour ne pas laisser les souvenirs prendre toute la place. De l'eau avait coulé sous les ponts depuis mon enfance ici. Maman et moi revenions seules et lourdes. Nos épaules chargées de pierres douloureuses qui roulaient le long de notre colonne vertébrale, ralentissaient nos pas. Et parfois, les jours sans soleil, nous faisaient perdre l'équilibre ou le sens de la marche et des choses. Ces jours-là, nous acceptions l'une comme l'autre, de suspendre nos vies aux branches des arbres et de rester là, sans parler, sans manger, et parfois même sans bouger.

Je ne suis pas une fille qui suit sa mère – comme il est arrivé à certains de le penser. Quand je suis arrivée ici, je ne me suis pas dit ce que c'était une belle occasion de passer du temps avec elle, de la laisser me transmettre ses leçons de vie. Et je ne crois pas qu'elle se soit dit que cela serait bon pour elle de ne pas être seule. Nous ne sommes pas venues vivre ici parce que nous n'avions nulle part ailleurs où aller. Parce que l'une avait besoin de quelqu'un pour continuer de grandir, et l'autre de vieillir. Nous nous sommes installées ensemble, côte à côte. Désireuses d'être à cet endroit précisément. Et ensemble. J'adore ma mère parce qu'elle a une complexité fascinante, dont je m'accommode parfaitement. Elle ne laisse presque rien au hasard et aime que les choses soient profondes et denses. Elle ne supporte pas l'approximation, le manque de justesse, la facilité. Nombreux sont ceux que cela agace ou rebute. Moi, j'adore. Je trouve cela stimulant. Sans doute aussi parce que c'est à elle qu'elle impose la plus grande exigence. Elle me laisse vivre pleinement mes à peu près et mes à-côtés. Elle sait que ça n'est pas parce que je ne la comprends pas, ou parce que mon cerveau ne la suit pas. Je suis câblée pour tenir le rythme effréné de sa pensée. J'accompagne sa façon d'être tout en l'équilibrant. Nos différences rendent nos ressemblances possibles et concordantes. Ce qui fait que chacune de nous apprécie au plus haut point la compagnie de l'autre, dans une homéostasie quasi parfaite. Et puis surtout, Maman n'a jamais cherché à me prouver que la vie est belle. Elle ne dit pas que cela ira mieux demain. Ne relève pas le moindre rayon de soleil dans les feuilles pour tenter de me convaincre qu'il faut jouir de la vie. Je sais qu'elle fait de gros efforts, depuis toujours, pour essayer de vivre bien. De ne pas se laisser embarquer par elle-même. Elle connaît les discours théoriques et les démonstrations méthodiques. Elle sait. Elle croit sur parole ceux qui disent que le salut se trouve dans le temps présent. Elle est d'accord pour célébrer la légèreté, la joie. Elle ne peut pas être contre. Mais ça n'est pas elle. Malgré ses efforts et ses résolutions, aborder la vie avec distance, parvenir à ne pas ployer sous le poids de la nostalgie comme sous celui de l'anticipation, ça n'est pas elle. Je crois, alors que j'ai aujourd'hui l'âge qu'elle avait lorsqu'elle m'a mise au monde, que Maman a abandonné cette quête. Elle lui a donné une autre direction, à sa façon. Une qui lui permet de respirer plutôt normalement, d'apprécier certains moments et certaines compagnies, de se satisfaire de tout un tas de choses. Elle sait je crois, qu'elle ne ressentira jamais la joie de vivre. Mais sa façon de regarder ce qui se passe nous a appris, à mon frère et à moi, à composer avec. À faire avec ce que nous sommes et avec ce que les choses sont, sans chercher à nous travestir, à rire à gorge déployée, à être bruyants de bonheur, sans chercher à changer les autres. Quand notre père se débattait dans sa propre complexité, s'empêtrait dans la violence dans laquelle il avait grandi, Maman a fait le choix de s'accepter, sans renoncement. C'est ainsi qu'elle nous a guidés. Toute tortueuse qu'elle est, elle nous a guidés. Mon frère a décidé de se respecter, en étant sans concession à l'égard des autres ; il a choisi d'être seul dès son plus jeune âge. J'en ai développé une fascination viscérale pour tout ce qui relève de la quête identitaire. Je me suis nourrie des histoires des autres, je me suis perdue dans leur vie, admirative à outrance de leurs choix et de leurs décisions. À glorifier cette intégrité intime et personnelle, je me suis perdue à admirer celle des autres, oubliant qui j'étais moi-même. Et puis, la vie s'est chargée de me faire perdre plus que moi-même, m'enfonçant dans ce trou où il n'y a de place que pour soi, alors même que nous sommes notre pire compagnie.

J'ai du mal à parler de Maman au présent, même si nous vivons toutes les deux, chaque jour que Dieu fait, dans cette cabane en bois au milieu de rien d'autre que des arbres. Maman est à la fin de sa vie, même si elle n'est ni très vieille, ni très malade. Elle est vivante et je vis près de son corps, mais son esprit est déjà ailleurs. Elle parle, mange, travaille avec moi, et je vois bien que son cerveau va toujours à cent à l'heure. Mais elle est occupée à se souvenir et à comprendre. C'est comme si elle essayait de tisser une immense toile à partir de tous les événements de sa vie. Chaque jour, elle semble revivre des instants qu'elle punaise sur une toile imaginaire. Tout cela finit par s'entrecroiser, se mêler. Je sais qu'elle a ce fantasme absolu. Parvenir à saisir pleinement et entièrement les choses. Parvenir à les saisir d'un seul et même regard, dans leur complexité infime et leur reliance totale. Elle parle d'un objet poli et rond ; elle aimerait que sa vie trouve sa forme. Qu'elle puisse expliquer l'origine de chaque chose, ce que chaque événement a pu générer à sa suite. Une masse d'interconnexions dont on pourrait s'emparer globalement pour enfin comprendre vraiment.

L'hiver impose ses défis. La couche supérieure du sol étant gelée, les plantes ne disposent pas de l'eau et des nutriments nécessaires pour leur croissance. Les températures inférieures au point de congélation empêchent la circulation de la sève entre les racines et les feuilles, tandis que les journées plus courtes et le faible ensoleillement réduisent la capacité des plantes à produire leurs propres sucres par photosynthèse, nécessaires à leur croissance. La neige qui recouvre tout, modifie le paysage et influence les déplacements. Mais elle peut également devenir un abri idéal, en isolant l'air des vents froids. Les températures sont plus chaudes dans la couche située entre le sol et la couverture neigeuse, et certaines espèces y trouvent un nouvel habitat, d'une importance vitale. Exceptionnellement, l'eau la plus froide se trouve à la surface de l'étang. La quantité d'énergie disponible est diminuée, les journées sont plus courtes, il y a moins d'énergie solaire pour la vie végétale, l'énergie thermique disponible pour toutes les formes de vie est diminuée, comme l'énergie alimentaire. La faune, les plantes, les conifères, les animaux, les poissons, les reptiles, les amphibiens, les oiseaux, les mammifères développent chacun leur propre manière de stocker de l'énergie, subvenir à leurs besoins et tolérer le gel. Ceux qui ne peuvent pas migrer, modifient leur physiologie et leur comportement pour que leurs fluides corporels ne gèlent pas. Certains se blottissent les uns contre les autres pour retenir leur chaleur et survivre jusqu'au printemps. D'autres entrent en dormance, trouvent un nouvel habitat, se parent d'une fourrure hivernale plus épaisse. Il y a des espèces qui sont même capables de geler partiellement. Voici ce que j'ai lu dans nos livres : Certains invertébrés, comme le ver de glacier, contrôlent l'emplacement et le moment où la glace se forme dans leur corps. Elles s'adaptent en se laissant du temps et en préparant des produits chimiques pour survivre.

L'hiver est une saison considérée comme l'un des principaux moteurs de l'évolution. Ses carences obligent les organismes à aligner leurs ressources énergétiques sur ses exigences. Chacun doit s'adapter pour parvenir à vivre avec des capacités limitées. La relative chaleur et les réserves vitales sont à aller chercher dans les profondeurs. Nos ressources sont enfouies. C'est un chemin à faire. Au fond de tout. Et nous ne faisons pas exception.

Les racines me dégoûtent depuis toujours. Ces entrelacs végétaux dont, intellectuellement, je loue le principe, me révulsent. En faisant le tour de l'étang, j'observe comme le niveau d'eau a baissé. Dans la région, il peut arriver que nous manquions d'eau en été. Les nappes s'assèchent et malmènent les différents étangs dont la forêt est ponctuée. Il a beaucoup plu cet automne mais cela n'a pas suffi. Si nous avions la télévision, je suis sûre que nous aurions entendu des journalistes commenter la pluviométrie saisonale et la comparer aux années précédentes. Sans doute avons-nous vécu la plus longue période de pluie depuis 5 ans. J'ai remarqué que les gens aiment bien comparer.

J'ai l'intuition qu'il y a une fuite quelque part. Il ne peut pas en être autrement. Cet étang a toujours existé d'après ce que les anciens nous ont raconté. La source qui l'alimente nous allaite aussi en eau potable, sans limite. Mais le niveau de l'étang baisse. Depuis deux hivers, les racines des arbres sont de plus en plus dénudées. Par endroits, nous pouvons voir les saumons au fond de l'eau. Des algues que nous n'avions encore jamais vues sont apparues. Elles envahissent la surface. Notre étang est devenu une grande masse verte sur laquelle il est désormais impossible de faire progresser notre barque, et encore moins de pêcher. Au printemps dernier, j'ai tenté de lancer ma ligne pour nous offrir un poisson mais les algues empêchent toute pénétration. Elles étouffent notre étang, et probablement la vie qui s'y déploie depuis des décennies, sans que nous ne sachions quoi faire pour inverser l’ordre des choses, sans que nous ne parvenions à comprendre ce qui ordonne ces conséquences que nous observons avec passivité et résignation.

Alors que ces idées prennent toute la place dans ma tête, je découvre un nouveau trou dans le grillage et des empreintes gelées. Il ne passe plus grand monde par ici depuis plusieurs semaines. Les animaux sont discrets, quand ils ne sont pas partis, ou endormis. Et c’est pareil pour les humains. Les chasseurs ont choisi d’autres terres et les marcheurs aussi. Le froid éloigne tout et tout le monde de nous. La route n’est plus vraiment carrossable et il faut être très courageux pour emprunter les chemins de forêt, alors que le jour se lève tard et se couche tôt. Je pense au ragondin que j’ai passé l’été à observer. Maman a lu que les ragondins n’hibernent pas ; elle m’a dit un soir : Ils sont diligents toute l’année. Je me souviens avoir souri et m’être longuement demandé qui pouvait encore utiliser le terme diligent. Maman aime les nuances des choses, des êtres et des mots. Elle nous a appris, à mon frère et à moi, à être attentifs aux bosses et aux creux qui rehaussent. Elle nous a appris à voir le monde comme une immense matière, alors même qu’il me semble que s’il y a bien une personne qui n’a pas un rapport charnel aux choses, c’est Maman. C’est intellectuellement qu’elle a toujours pris du plaisir. Restant en revanche plutôt hermétique aux émois du corps. Maman a toujours pensé avant d’être. Pour autant, c’est bien elle qui nous a appris à toucher, à sentir, à voir et à entendre autre chose que l’apparence. Mon frère et moi lui devons notre incroyable acuité. À 4 ans à peine, mon frère savait déceler la moindre présence animale dans la forêt, même lointaine. Quant à moi, je crois que je sais entendre plus que ce qui est dit.

Depuis le coup de fil, Maman et moi avons un peu délaissé l'entretien de la végétation alors que l'hiver serait le bon moment pour couper du bois et récupérer les troncs échoués dans l'étang en cassant la glace et en faisant glisser les épaves boisées dessus. Ces trois dernières années, nous avons abattu beaucoup de travail ici à nous deux. Les deux autres propriétés sont désertées depuis plusieurs années et nous sommes seules désormais. Avant l'hiver, ceux qui passaient étaient les chasseurs et parfois, quelques marcheurs. Mais jamais de touristes. Et jamais de gens perdus. Nous sommes les perdues du coin. C'est comme ça qu'ils nous appellent, ceux du village, et surtout ceux du bar. Ceux qu'on ne voit jamais.

À notre arrivée, la nature avait repris sa liberté et ses droits, en envahissant l'espace que notre père avait mis des années à délimiter. Il y avait quelque chose de parfait dans cet équilibre sauvage. Avec les moyens du bord, les outils laissés dans la grange, les livres et notre volonté les bons jours, nous avions fait en sorte de respecter ce nouveau paysage, l'ajustant juste ce qu'il fallait pour pouvoir circuler simplement, jusqu'à l'étang, jusqu'aux ronces, jusqu'à la source, jusqu'au poulailler. Il avait fallu élaguer et redessiner quelques allées. Des arbres restaient à abattre pour permettre à la forêt de reprendre son souffle et de grandir à nouveau. Nos travaux étaient approximatifs, empreints de notre méconnaissance technique et parfois de notre manque de force physique.

L'enjeu pour nous n'était pas d'en faire un lieu parfait. Juste le bon endroit pour nous deux, sans perspective de transmission, sans velléités esthétiques. Juste, que les animaux puissent continuer d'y trouver ce dont ils ont besoin, permettre aux arbres de pousser encore, nous permettre de prélever de quoi survivre. Se détacher à ce point des choses est une infinie leçon. Maman et moi n'attendons plus rien, ni visites, ni surprises. Nous ne sommes plus dans le projet. Notre façon d'être, à chacune, puis les drames qui ont bouleversé nos vies, nous ont en quelque sorte forcées à devenir des êtres du présent. Cela s'est fait à notre insu mais aussi de façon très volontaire et tenace. Ne pas ruminer le passé, ne pas se projeter dans le futur, vivre ici et maintenant est sans conteste l'effort le plus important que je n'aie jamais eu à fournir. Et je crois qu'il en est de même pour Maman. C'est à ce prix que nous tentons de surmonter nos deuils, l'une et l'autre. On ne se relève qu'au présent. On se relève à chaque pas, à chaque geste dans le présent. C'est mon sentiment. On ne tient pas vraiment debout, on se relève, on retombe et on se relève. Et on le fait à chaque seconde. Tout ceci mis bout à bout fait que nous tenons debout. En restant dans le passé, on tombe en arrière et rien ne nous retient. Si on se projette, on tombe en avant, dans ce trou que représente l'incertain à venir. Il faut être dans le présent, de façon absolue, profonde, totale, pour, à défaut de continuer de vivre, au moins ne pas mourir.

Je ne sais pas si Maman sera à nouveau capable de m'accompagner, pour les travaux qui nous restent à entamer, et pour tous ceux qui font notre quotidien ici. Elle passe de plus en plus de temps à lire et je vois qu'elle est fatiguée. Les dix-sept jours qui ont suivi le coup de fil, elle s'est terrée dans un mutisme que je connais bien. Il ne signifiait pas qu'elle n'avait rien à dire, mais qu'au contraire, il y avait trop à dire. Elle aurait aimé tout exprimer : la maternité et la parentalité, la vie avec lui et son caractère, ses souvenirs et sa façon d'être. Elle aurait voulu raconter, d'un bloc, ce qu'il a été et ce qu'il a espéré, ce qu'ils ont vécu ensemble, ses habitudes et ses intonations de voix. Elle aurait aimé parvenir à poser des mots justes sur ces sentiments qui l'envahissaient, sur sa peur de ne pas surmonter l'épreuve. Elle aurait voulu que tout soit dit d'un coup, sans interruption, sans temps qui passe. Une expression absolue et totale. Mais cela faisait trop pour une seule voix. Alors, elle s'est tue, dix-sept jours durant. Elle était devenue une sorte de jarre remplie à ras bord, où s'entremêlaient des grosses pierres et des grains de sable fin. Tous les événements d'une vie. Elle était tellement pleine que plus rien ne pouvait sortir. Sinon ce silence plein, tellement dense que je n'osais pas le rompre de peur qu'il ne m'éclate au visage et que ses lambeaux visqueux ne me collent à la peau. J'aurais eu des choses à dire pourtant. Elle le savait si bien qu'elle a préféré s'accommoder de mon silence à moi aussi. Au-delà de notre sang, nous partageons d'avoir eu à marcher derrière le cercueil de notre fils. Nous partageons de ne plus savoir qui nous sommes, face à des deuils qui ne portent pas de nom. Ni veuves, ni orphelines. Comme si notre langue n'avait même pas pu imaginer un mot capable de dire cet état contre-nature.

Mon frère est mort et mon fils avant lui. Son fils et son petit-fils. Maman découvre ce que crée en soi la perte d'un enfant, et ma peine à moi est ravivée d'une façon viscérale. Primitive et bestiale. Ces trois années de labeur et de lenteur ici, vivant au rythme de la nature, semblent balayées d'un revers de la main. La peine prend toute la place. Pourtant, il nous semble qu'il n'existe pas de meilleurs endroits pour nous. Survivre ne me semble envisageable qu'ici. L'isolement, le travail physique, la solitude et la connexion aux éléments sont des béquilles. Nous vivons avec une quantité infime de ressources et de biens. Et je me surprends parfois à remercier je-ne-sais-qui que tout cela nous soit arrivé en hiver. La nature pétrifiée possède une sobriété d'une infinie justesse. Pas de simagrées. Rien que le blanc et le silence. J'ai retrouvé ces mots dans un roman qui m'avait bouleversée et que j'ai laissé sur ma table de chevet : Une épaisse couche de glace s'est glissée dans mon cœur. Je l'ai sentie s'installer, gripper les soupapes et apaiser le vent qui soufflait dans ma carcasse. Je l'ai entendue se plaquer sur mes os, insérant du silence dans les endroits fragiles, dans tout ce qui était brisé. Mon cœur a alors connu la paix du froid.

Je m'inquiète pourtant. À cause du coup de fil, nous n'avons pas provisionné assez pour passer sereinement l'hiver. C'est dur à calculer mais je l'intuite au plus profond de moi. À chaque fois que je pénètre dans le garde-manger, je sens se former un nœud lâche au creux de mon estomac, qui se resserre un peu plus à chaque repas. Nous n'avons pas assez de conserves de légumes, pas assez de graines et pas assez de farine. Il me faut aller en ville pour nous ravitailler, sans trop tarder, avant que les chemins ne soient plus praticables, ou que mon envie soit devenue trop lourde à mobiliser. J'ai entrepris en arrivant ici que nous produisions la majeure partie de notre nourriture. Nous avons deux poules et deux lapins, un potager et un verger. Beaucoup de bois, et de l'eau de source. En contrebas, la terre est envahie de ronces communes qui donnent, de juillet à septembre, des mûres noires de façon très généreuse. Nous avons aussi des pièges et des fusils que nous avons regroupés, un jour où le soleil était doux. Maman avait nettoyé les fusils, avec méthode et précision comme si ses bons soins lui garantissaient qu'ils seraient là pour elle, le jour où elle en aurait besoin. J'avais quant à moi tenté de comprendre le mécanisme de ces vieux pièges à dents ou à ressorts, de toutes tailles, et rouillés pour la plupart. Nous avions passé l'après-midi agenouillées dans l'herbe et le cliquetis de ces machines et mâchoires inertes, faites pour capturer, figer, et permettre au froid et à la faim de prendre la vie. J'en étais ressortie avec une légère sensation de malaise que j'avais attribuée, après une nuit à y penser, à ce sentiment de supériorité que confèrent les armes. Avec elles, il ne s'agit plus de se servir dans la nature mais de capturer, et c'est très différent à mes yeux. La chasse est quelque chose de naturel par ici. Ni bien, ni mal. Chacun grandit avec, à tel point qu'il ne vient à l'esprit de personne de se demander si c'est bien dans l'ordre des choses ou s'il n'y a pas d'autres options. On tue comme d'autres mettent un sachet de chips dans un caddie, ni plus, ni moins. Et je savais, cette après-midi au soleil, que Maman et moi y viendrions un jour.

À notre arrivée ici, on nous avait prodigué un grand nombre de conseils. Maman et moi avions tout écouté, très docilement, et très méthodiquement pour ma part. Je m'étais créé des cases dans ma tête : conseils pour le verger, conseils pour le bois, conseils pour le potager, conseils pour les animaux, conseils pour les travaux, conseils pour faire peur, conseils pour te laisser penser que tu n'y arriveras pas, noms des personnes auprès desquelles aller chercher des conseils. Je ne jugeais pas ce que l'on nous disait et essayais de déceler ce qui poussait tous ceux qui entraient chez nous à livrer ce genre de leçons. L'envie d'étaler son savoir, de le partager, l'envie d'aider simplement ? Nous vivons dans un coin très peuplé d'arbres et d'animaux mais de peu d'humains. À cette époque, j'ignorais si cela rendait les gens sauvages ou au contraire enclins à créer du lien à la moindre occasion. Je n'ai jamais trouvé la réponse car les gens ont peu à peu cessé de venir nous voir, et nous de sortir. Maman et moi aimons les humains et leurs histoires mais nous sommes incapables de nous contenter des bribes qu'une conversation sur le pas de la porte laisse échapper. Il nous faut plus. Une expression pleine, totale. Nous avons toutes les deux besoin d'entendre tout. Cela me fait l'effet d'une peau à caresser. Poser son doigt sur une toute petite portion ne sert à rien. Pour ressentir, il faut que la main touche vraiment, complètement. Que la paume et les doigts progressent pleinement sur la peau, accèdent au grain, et aux aspérités. Les plis du coude, les poils, la peau douce au creux des bras, les bosses des os et de certains grains de beauté, les veines qui roulent, le relief des rides, le duvet par endroits, les cicatrices parfois qui strient la peau en même temps qu'elles tentent de la lisser. Là alors, quelque chose se passe. Mais les effleurements convenus, Maman et moi ne savons pas faire. Je crois que cela a laissé croire à beaucoup de gens dans le coin, que nous étions sauvages.

En tout cas, inaptes aux relations sociales. C'est partiellement vrai. Mais Maman et moi ne péchons pas par défaut mais plutôt par excès. Nous voulons les gens pleinement, en vérité. Cela s'accommode très mal avec le caractère taiseux des gens d'ici, rodés à l'exercice du parler pour ne rien dire. Ils ont donc arrêté de venir, de répandre leurs conseils, et nous avons cessé de voir qui que ce soit. J'ai dans ma tête une flopée de recommandations en tous genres et peu de moyens de savoir ce qu'il convient de faire finalement. Pour le ragondin cependant, les avis ont toujours été unanimes : il fallait le tuer. Rapidement, il creuserait les berges de l'étang, jusqu'à ce qu'elles s'affaissent. Il détruirait les nids des oiseaux aquatiques, pillerait nos cultures, apporterait des maladies diverses comment la douve du foie dont je n'ai jamais entendu parler. Il n'est pas beau, se reproduit rapidement, évolue sournoisement dans et hors de l'eau, peut se montrer méchant. J'ai toujours été sceptique, estimant qu'il habitait là depuis plus longtemps que nous. Mais les arguments pleuvaient de toutes parts et me collaient contre le mur. Je devais détester le ragondin. Et assurer sa mort.

Je marche de plus en plus lentement. J'ignore si c'est le peu de diversité de notre alimentation depuis que nous sommes entrées dans une saison moins prolifique, ou la fatigue du travail quotidien qui rend mes membres lourds. À moins que j'aie juste pris un autre rythme. Que l'observation inhérente à toute progression dans la nature ait peu à peu modéré ma cadence. Je passe par le garage pour voir combien d'essence il nous reste. J'ai de quoi aller en ville et j'ignore encore si cette nouvelle me rassure ou m'angoisse. Aller en ville. Là où sont les gens. Là où l'action prend tellement de place. En poussant la porte de la cabane, je dis à Maman : Demain, j'irai faire des courses. D'autres auraient opiné du chef, souri, réagi d'une quelconque façon qui se serait illustrée sur leur visage ou dans leur attitude. Mais Maman ne laisse que peu de choses transparaître. Comme si l'information était traitée si rapidement qu'elle n'avait pas le temps d'imprimer quoi que ce soit. Comme si la fulgurance de sa gestion court-circuitait les émotions. Ça ne veut pas dire que Maman n'a aucune émotion. Juste qu'en un temps donné, celles-ci s'enchaînent si rapidement que le point ultime est rapidement atteint. Ce visage face à moi n'exprime pas rien. Juste ce bout de chaîne, cet état fini qui n'est ni de la passivité, ni du détachement mais la fin d'une course émotionnelle effrénée. Maman est un iceberg ; l'essentiel se passe en profondeur, dans ses tréfonds. Il m'arrive souvent de me dire que si elle devait laisser paraître en surface tous les reliefs de son être, tous les détours de ses cheminements intérieurs, son visage serait déformé en permanence. Il ne serait qu'une forme élastique actionnée de toutes parts par des émotions qui tirailleraient de droite et de gauche. Maman passerait du rire aux larmes en quelques secondes, sourirait, froncerait les sourcils, gonflerait ses joues, plisserait ses yeux. Pour ne pas se laisser happer, il ne lui reste finalement qu'une option : contenir le tourbillon, laisser une surface sinon pacifiée, en tout cas lissée. Abandonner en quelque sorte son visage, ne pas tenter d'en faire le reflet de quoi que ce soit. Et il me semble parfois être la seule à savoir que si elle sourit peu, c'est parce que le sourire n'est qu'une si infime partie de ce qu'elle ressent, qu'elle aurait le sentiment de se trahir en le laissant s'afficher sur elle. Maman a abandonné depuis longtemps l'idée que son visage puisse exprimer ses émotions. Je ne vis pas face à un tableau. Je vis aux côtés d'un volcan.

Alors que j'enlève les épaisseurs de lainages qui me recouvrent, Maman me répond finalement: Tu as reçu une lettre. Elle ne précise pas quand. Cela doit faire longtemps déjà car la factrice a arrêté de venir dès le milieu de l'automne. Et parce que Maman a parlé trop vite pour que cela soit tout à fait naturel. C'est une lettre de mon père. J'hésite. Mon émotion n'est pas évidente. Je ne crains plus aucune nouvelle. Mon fils et mon frère sont morts et rien ne les ressuscitera jamais. Une lettre de mon père ne peut pas annoncer de bonnes nouvelles et je décide de ne pas ressentir d'émotion trop intense. Ça n'est pas une lettre. Juste une photo. Une photo d'ici, avant. Quand nous étions quatre. Elle représente ces fins d'après-midi d'octobre ou de février. Brumeuses souvent, et parfois glaciales. Nous marchons tous les quatre sur le chemin qui mène à l'étang et à la maison. Nous avançons la tête jetée en arrière, pour regarder les arbres découper le ciel. Mon frère a cinq ans, peut-être un peu plus. J'ai huit ans environ. La photo a été prise par une voisine. Celle avec laquelle nous avions le plus de liens à l'époque. Elle buvait beaucoup, comme beaucoup. L'alcool lui donnait une odeur particulière, dans ses cheveux, dans le creux de son cou, dans son haleine. Elle mettait Maman mal à l'aise mais nous l'aimions quand même. Parce qu'elle était joyeuse le plus souvent. Elle faisait du miel ici depuis que son mari l'avait quittée. Sa vie était semblable à ces acacias qu'elle suce et qui survivent grâce à leurs épines. Sa maison était presqu'entièrement vitrée. Elle vivait avec les animaux, ceux qui entraient et sortaient de chez elle et ceux qui étaient sauvages mais qu'elle connaissait quand même. Elle écrivait plein de choses sur plein de petits morceaux de papier et disait qu'un jour, elle en ferait un livre. Elle avait des cheveux longs, à la fois blonds et blancs. Elle se confiait quelques fois mais le plus souvent, elle posait surtout des questions. Parfois sur notre vie et sur nos projets, le plus souvent, sur notre façon de construire tel ou tel piège ou de cuisiner telle ou telle recette. Cette voisine a longtemps été un point de repère pour nous quatre. Je garde aujourd'hui encore son parfum d'alcool dans le nez, fleuri et sucré.

Le jour où elle nous a pris en photo, tous les quatre, sur ce chemin, elle s'était dissimulée derrière sa palissade en croûtes de bois. Il y avait un jars à côté d'elle, qu'elle tentait de pousser doucement du pied. Elle ricanait dans son écharpe, heureuse à l'idée de réaliser ce cliché en catimini. Au village, sa joie semblait louche et on la disait simple. Elle est simple ; ils disaient cela, avec une moue supérieure, presque fiers de parvenir à ne pas l'insulter davantage. Elle était simple comme je rêvais, à défaut de l'être, au moins de le devenir avec le temps. Simple comme la voisine. Elle avait appuyé sur le bouton et jailli de sa cachette, heureuse comme il n'est pas permis. J'avais oublié que nous n'avions jamais vu le résultat de son œuvre dérobée ce jour-là. Elle me parvenait aujourd'hui, dans une enveloppe envoyée par notre père. Nous quatre. Lui disait toujours : On ne lève jamais assez les yeux. Alors, nous nous cassions le cou pour regarder haut. Voir les branches dénudées qui tiraient vers le ciel. Au printemps, en été, le même jeu offrait des vues imprenables sur le monde. Renversant les repères du tout au tout. Je crois que se tient là la plus belle leçon que nos parents nous ont offerte, à mon frère et moi : lever les yeux pour voir autre chose. Nous marchions à petits pas, les mains dans les poches et les yeux à l'horizontale, engoncés dans nos écharpes. Le souffle qui sortait de nos bouches, lorsque nous lâchions quelques rares mots, annonçait un chocolat chaud que nous prenions dehors. Brûlant à souhait pour que, pendant quelques minutes, la chaleur de la tasse traverse nos gants et réchauffe nos mains. Maman rentrait toujours la première. Elle tenait porte et tasses pendant que nous nous déchaussions. Laissez ici vos chaussures crottées. Notre père rentrait le dernier et je le revois, debout face à l'étang, nous tournant le dos. Le coude gauche levé pour mener la tasse à sa bouche. La main droite dans sa poche, comme lorsqu'il se brossait les dents. Puis, il jetait la fin de son chocolat dans l'herbe et égouttait sa tasse par de petits mouvements vifs pour qu'il ne reste plus rien au fond. Presque bonne à ranger ! Nos parents ont toujours agi ainsi avec nous. Maman précédait et notre père bouclait. Mon frère et moi avons grandi en nous sentant encadrés, par la présence souple et solide de notre père, par la présence particulière de Maman. Ces fins d'après-midi sont je crois les seuls souvenirs que je garde de mon enfance. Aujourd'hui, j'ai la sensation d'avancer à tâtons dans ma propre histoire. Ma nostalgie ne s'accroche à rien. Elle est comme un fantôme qui erre et cherche quelque chose. Incapable de s'amarrer clairement, elle réduit ma sphère de vie, comme si j'évoluais dans un périmètre restreint et qu'au-delà, aucun accès ne m'était possible. Alors, j'agis dans le présent et je déplace le cercle pour avancer. Je ne sais pas ce que signifie l'envoi de cette photo. Je ne sais pas non plus si je suis heureuse ou pas de l'avoir entre les mains. Notre père est parti depuis longtemps déjà. Au début, son absence l'avait rendu éminemment présent. Elle était quelque chose en plus, qui occupait mon esprit et me tisonnait sans relâche. Avec le temps, elle est devenue quelque chose en moins. Même plus un trou à combler ou quelque chose qui manque. Désormais, elle est un effacement. Quelque chose qui n'est plus.

Maman et moi partageons la même fascination pour la littérature. Même si l'une et l'autre sommes incapables d'enchaîner les livres comme s'il ne s'agissait pas d'infidélité que d'entamer un ouvrage à peine le précédent achevé, nous nous noyons dans quantité de récits, le jour, la nuit. Parfois, seulement en touchant la couverture et le papier. En observant l'ouvrage sous toutes ses coutures. Ces feuillets assemblés. Cette forme absolument parfaite. Des pages sur des pages sur des pages. Ces marques noires alignées. Nous aimons toutes deux les œuvres denses, jamais longues, mais ciselées, âpres. Absolues. Nous n'aimons pas nous empêtrer dans des récits complexes. Nous attachons souvent plus d'importance au style qu'au récit. Ce soir-là, je dis à voix haute : Je ne cherche pas à ce que l'on me raconte une histoire. Je veux que cela soit divinement écrit. Je veux sentir l'équilibre parfait des tournures. Les poids des mots qui s'équilibrent dans les phrases. Je veux cette fluidité qui transporte. Quand tout coule et semble si juste, mais alors si juste. Maman acquiesce, en soupesant dans ses mains l'ouvrage qu'elle s'apprête à débuter. Comme pour jauger du plaisir qu'il saura, ou pas, lui offrir. Elle tente de deviner ce que cette compacité réserve, toute d'accord qu'elle est avec moi. Maman distingue les écrivains et les romanciers. Elle dit que les romanciers savent raconter des histoires. Que ce qui importe aux écrivains, ce sont les mots, leur enchaînement et leur rythme. Ceux qui excellent dans les deux, elle les appelle les auteurs. Et j'adore la voir savourer leur œuvre auprès du feu.

Qu'est-ce que l'histoire retiendrait ? Y a-t-il plus imprécis que l'histoire ? Elle est une broyeuse approximative qui creuse des sillons grossiers. C'est ça, aussi, qui me fait souffrir. L'histoire ne dit jamais ce qui se joue vraiment. Elle manque de justesse et de finesse. À la fin, elle dirait sans doute : Il est parti. Ils sont partis. Elle dirait cela de notre père, de mon fils et de mon frère. Elle omettrait les quand, comment, pourquoi. Les bonnes raisons et les souffrances. Elle ne dirait pas comment cela s'était passé et le mal que cela avait causé. Elle ne saurait pas dire les intonations, le contexte, les mots précis. Après quelle journée, quelle semaine. Elle tairait les détails. Je la comprends, elle ne peut pas s'en encombrer. Je comprends. Mais je la déteste pour cela. Demain, dans longtemps, on ne retiendrait qu'une chose. Or, ça n'est pas ça, la vérité.

Mon père et moi sommes des intranquilles. Mués par un tison indéfinissable. Quelque chose qui nous met en mouvement permanent. Inquiets. Imaginant peut-être qu'en bougeant sans cesse, le monde lui-même, dans sa course folle, ne nous happerait pas. Nous sommes tous les deux ainsi. Incapables de se rencontrer. Jamais en phase. Jamais alignés. L'un toujours en avance ou en retard sur l'autre. L'un devant ou derrière l'autre. Mais jamais à côté. Jamais tranquillement à côté. Jamais sereins. Jamais capables de laisser le temps filer sans chercher à le rattraper. Nous nous manquons à l'un comme à l'autre. Mais nous ne sommes pas capables d'être ensemble.

C'est de l'ordre de l'incapacité. Une incompétence que même la volonté et même la peine, ne parviennent pas à combler. Quand notre père est parti, j'ai pensé qu'il ne nous aimait plus. Mais son départ reposait sur autre chose en réalité. Il n'était pas vraiment question d'amour. Mon frère et lui étaient trop différents. Maman était trop lointaine. Nous étions trop ressemblants. Nous devions notre rupture à notre trop grande similarité qui faisait se heurter notre singularité. Nous étions des formes identiques qui ne peuvent que se superposer, donc prendre la place l'une de l'autre. Là où les différences peuvent créer des formes qui se combinent, nous n'étions que deux pièces jumelles qui se frictionnent sans parvenir à s'assembler. Il nous était arrivé de nous rencontrer. Quelques rares fois. Lorsqu'aucun de nous deux n'avait rien à prouver. Dans un moment sans enjeu où nous baissions les armes. Ces moments se comptent sur les doigts d'une main. À dire vrai, aujourd'hui, un seul me revient en mémoire. Fatalement absurde. Inconséquent puisque justement, c'était sa vacuité même qui avait permis d'en faire un moment de rencontre. Le fait de ne rien en attendre l'avait rendu exceptionnel.

C'était un soir de fête nationale, dans un village encore plus petit que le nôtre mais réputé pour son feu d'artifice et son bal de l'Amicale. Nous étions allés boire l'apéritif chez des amis de mon père. Ils avaient une ferme et beaucoup d'enfants. Je m'étais sentie mal à l'aise et en même temps très chaleureusement accueillie. La décoration de la maison était monstrueuse. Rien n'était beau. Les objets en présence étaient uniquement fonctionnels. Posés à tel ou tel endroit parce qu'il s'agissait de celui où ils étaient le plus utiles. Il n'y avait aucune harmonie mais la vie prenait pleinement sa place. Il n'y avait rien à déranger, rien à abîmer, aucun équilibre esthétique à déstabiliser. Tout ce qui avait à se passer pouvait se passer. Les gens allaient et venaient, se souciant peu de salir le sol avec leurs bottes crottées. Ils prenaient la chaise qui se présentait, acceptaient n'importe quel verre et s'installaient dans la première conversation qui passait devant eux. À cette époque, je m'interrogeais beaucoup sur la vie que je souhaitais vivre. La ville m'attirait, et ses hommes surtout. Je cherchais un métier et un sens à la suite. J'étais lourde de cette ultra-conscience que j'avais désormais la pleine responsabilité de mon existence. J'en étais lourde au point d'en être paralysée. Je vivotais, chez mes parents, chez des amis en ville. Ce soir-là, j'avais savouré cette simplicité absolue, cette façon de vivre qui semblait ne se soucier de rien d'autre précisément que de vivre. Ils travaillaient tous beaucoup, ils ne cherchaient pas de sens aux choses. Ils prenaient les événements, ils les enchaînaient comme des perles sur un fil. Ils savaient qu'on ne peut plus rien faire avec le passé et rien encore avec l'avenir.

Après ces verres, nous nous étions tous levés pour rejoindre le stade où le feu d'artifice était lancé. Il y a peu de moments festifs dans un village et peu de répit en général. Il manquait des hommes à l'heure où nous sommes arrivés, que la moisson n'avait pas encore libérés. Nous nous étions assis dans l'herbe en attendant. J'avais eu envie de toucher sa main. Ou de poser ma tête sur son épaule. J'avais eu envie que nos peaux se touchent comme si c'était normal. Jusqu'au bouquet final, j'avais lutté contre cet élan comme s'il représentait un risque. J'avais tout à y gagner pourtant. Il aurait su comme je l'aimais. Il aurait classé ça en lui pour toujours. Et moi aussi. Juste nos peaux, comme pendant l'enfance. Au lieu de cela, je m'étais relevée et écartée un peu. Je me souviens qu'il avait dû se pencher un peu sur le côté pour se remettre debout. Il avait vieilli. Pourquoi n'avais-je pas osé ? Il y avait dans ce geste un pas si infranchissable pour moi. Pas parce que c'était lui. Pas parce que je redoutais qu'il n'en ait pas autant envie que moi. Mais parce qu'avancer ma peau vers la sienne offrait ma vulnérabilité tout entière. Représentait un risque et une faiblesse. Et si cet homme était ce soir-là le seul dont j'avais envie de me rapprocher, je savais aussi qu'un jour, il pourrait utiliser cet instant contre moi. Sans y revenir, sans le citer, mais frapper si fort ma carapace que je regretterais d'avoir pris le risque d'y ouvrir quelques brèches. Cette soirée avait porté en elle la somme de toute mon enfance aux côtés de cet homme ; tout ce qui aurait dû me rendre plus forte m'avait rendue plus fragile. Mon père m'avait fait ça. Rendue forte aux mauvais endroits.

Quand il est parti, j'ai perdu des fondations que je ne soupçonnais pas. Je me suis longtemps refusée à le concéder. À bien des égards, j'étais mieux sans cet homme dont le regard sur moi était trop pesant, trop dur. Mais la force symbolique est la plus puissante. J'avais perdu un repère. Il avait tout emporté avec lui. Qui j'étais, ce sur quoi et sur qui je pouvais compter, ce que je voulais, ce que je savais faire ou pas. Avec le temps, j'ai fini par ne plus penser à lui. Et s'il continue parfois de venir dans mes rêves, je n'y pense plus autrement. Au fil des ans, il est devenu un non-sujet de ma vie. Bien plus présent sans aucun doute dans cette absence si pleine, mais je ne nourris plus vraiment de sentiments pour lui. Il a été et il n'est plus. J'aurais aimé que cela soit différent mais j'ai aussi décidé que puisqu'il n'en était pas autrement, je devais l'accepter. J'ai remisé ma peine, ma colère et mes regrets, qui sont les trois sentiments qui m'ont le plus habitée après son départ. J'ai arrêté de fantasmer les siens, d'être peinée pour lui. J'ai arrêté de me projeter, de nous conjuguer au singulier : J'ai fait, J'ai dit, Il a fait, Il a dit. Cette séparation, nous nous la devions mutuellement, tous les quatre. Nous sommes, ou nous étions, des personnes matures, incapables d'être ensemble. C'est un changement de point de vue crucial pour moi, qui m'a libérée. En même temps, je sens que l'amour continue. Nous nous aimerons toute notre vie et au-delà. Y compris au-delà de la souffrance indéfinissable qu'est celle du deuil d'un vivant. Ni plus forte, ni moins que celui d'un mort. Juste différente. C'est un deuil empreint de possible et de remédiable.

Demain est le premier jour officiel de l’hiver.

Maman s'est attablée pour écrire chaque jour que nous avons passé ensemble ici. Le soir, nous nous faisons la lecture, à tour de rôle, devant le poêle l'hiver ou autour de notre feu de camp l'été. Les mots ont toujours occupé une place de choix dans nos vies. Nous avons une grande bibliothèque. Nous parlons beaucoup. Nous lisons, nous écrivons. De différentes façons, nous exprimons ce que nous vivons. Il me semble même que nos silences sont chargés de mots. Maman a une voix très douce et elle lit très bien. Elle trouve toujours le bon rythme, n'a pas peur de faire des pauses. C'est le seul moment de la vie, je trouve, où elle a le juste tempo. Elle s'abandonne aux mots, rentre dedans, les emmène ou se laisse emmener. Il n'y a alors plus rien à penser. Plus d'autre temps que celui de l'histoire et de sa voix. Nous parlons peu de nos lectures, solitaires ou partagées. Nous trouvons que commenter les romans revient à les assécher. En revanche, nous adorons relever certaines phrases qui nous ont marquées. Nous nous les disons le matin en nous levant ou le soir en nous couchant, ou à n'importe quel autre moment de la journée. Cela sort comme ça et c'est bon. Hier, après la lettre, Maman a cité : Une fois j'ai essayé d'arrêter une guerre. Mais dans l'ensemble, le monde a joyeusement et astucieusement résisté à mes tentatives pour le sauver. Je n'ai pas demandé d'où cela venait ; Maman n'aurait pas aimé avoir à répondre.

Je ne sais pas quoi faire de cette photo que j'ai reçue de mon père. Dois-je l'accrocher quelque part ? La brûler ?

La ranger? Dois-je y penser? Y répondre? Il y a une adresse au dos de l'enveloppe. Il aurait pu être là à l'enterrement de son fils; il n'était pas si loin. Avait-il à ce point décidé de tout abandonner, pour ne pas même être là le jour où l'on mettait sous terre son enfant? J'ignore qui a organisé l'enterrement. Maman n'a imposé qu'un principe: elle ne supporte pas que l'on jette de la terre sur les cercueils. Le geste en lui-même lui semble inapproprié et vulgaire. Des jours durant, sacrifiant son sommeil et sa lucidité, je l'ai vu cumuler les croquis dans son carnet. Imaginer des systèmes de charpente sous terre pour la soutenir, et permettre d'y forger un trou intérieur. Elle a cherché et tenté de convaincre. Tout pour que le cercueil de son fils soit glissé puis enseveli. Tout pour que nous n'ayons pas à voir la dispersion des particules terreuses sur le bois, ni à entendre le bruit mat sur le caisson. Elle avait tout fait mesurer, de façon à ce que le passage pour le cercueil soit le plus ajusté possible. Elle n'était d'accord avec rien, n'avait pas choisi que son fils meure. Ce qu'elle pouvait décider, c'était de le poser dans la terre pour qu'il y demeure éternellement, plutôt que de l'enterrer. Elle pouvait décider que ce moment soit doux. Maman a donc fermement refusé les pelletées de terre brune sur le cercueil de son fils, et le service mortuaire a été contraint de plier face à sa fermeté inébranlable.

L’hiver s’installe. On le voit au peu de mouvement que font les choses. Ce matin, le soleil pouvait laisser penser qu’il ferait chaud. Mais le thermomètre est resté bloqué à moins 10 degrés et le silence a envahi toute la journée, empêchant la terre de se réveiller vraiment. Hier, j’ai lu : Un certain jour, à une certaine heure, à une certaine seconde, l’hiver, chargé de ses frimas, franchit subrepticement le seuil et annonce : Me voici. Le givre sculpte minutieusement la nature et se balader est un régal. À notre arrivée ici, Maman et moi faisions souvent de grandes promenades, comme s’il nous fallait fouler chaque centimètre carré de terre pour nous sentir à nouveau chez nous. Déposer notre odeur pour faire partie de l’écosystème. Espérer qu’il nous accueille et nous accepte. Sans nous en rendre compte, nous faisions chaque jour le tour d’une parcelle, méthodiquement. Nous revenions la tête pleine de tout ce que cet espace allait nécessiter de travail. À la fois désireuses de rester invitées ici, et conscientes qu’il allait nous falloir nous approprier les lieux pour nous en nourrir. Les années avaient laissé les bois en friches et au-delà même de toute notion esthétique, les arbres avaient fini par s’entremêler, se gêner et se tuer les uns les autres. Sans régulation, sans soin, ils s’étouffaient. Nous étions toutes deux partagées. Comment trouver sa place. Dans quelle mesure devions-nous intervenir. Comment conserver le caractère sauvage de ces lieux tout en y habitant. Les clôtures étaient à peu près toutes couchées, laissant la propriété grande ouverte. Mais c’était aussi ce qui permettait aux grands animaux d'aller et venir librement. Les berges de l'étang s'affaissaient et menaçaient de s'écrouler, laminées en souterrain. Mais leur relief était naturellement magnifique, épousant la vie végétale et animale maîtresse des lieux.

Je suis heureuse que l'hiver soit là.

Le coup de fil avait retenti à une heure banale qui ne devait pas être celle des drames. Il était 17 heures 04 ; je m'en souviens parce que j'avais regardé l'heure dès la première sonnerie. Je ne regarde jamais l'heure ; comme si consulter la pendule risquait de consommer plus rapidement sa pile. Si Maman et moi nous étions méfiées, c'est que nous ne recevions plus aucun appel depuis des mois. Mon frère passait nous voir, de temps en temps, quand il était dans les parages. Nous n'avions pas vraiment d'autres contacts avec l'extérieur, enfin avec ce qui se trouvait au-delà de nos quelques hectares de forêt. Après l'annonce, Maman était allée faire la vaisselle. Dans son carnet, elle avait écrit : J'ai fait la vaisselle avec rage. J'en voulais à la terre entière. Je m'en voulais d'être vieille. Pleine de courbatures et de regrets. J'en voulais à mes enfants d'être nés pour mourir. À l'eau qui coulait et n'emportait rien d'autre que la graisse de mon plat à lasagnes. J'ai frotté comme une damnée. J'ai tellement de colère en moi qu'elle m'empêche même de pleurer. Elle m'emporte avec elle, depuis trop longtemps déjà. Je pense au père des enfants. Où est-il ? À lui aussi j'en veux. Il m'a bâti une vie de rêve, que je n'ai même pas été capable d'honorer de mon bonheur. J'ai été lamentable à bien des égards. J'ai manqué tant de choses. Je n'ai pas su être avec lui, dans la vie. J'ai vécu à côté, exigeante. Et maintenant, mon enfant est mort et le monde doit vivre sans lui. Et moi, gratter un plat à lasagnes trop grand. Je suis fatiguée d'être moi-même. Lassée de ce temps passé avec moi. Je me sens prisonnière. Je me réjouis à l'idée que l'essentiel de ma vie soit derrière moi, mais je ne suis pas dupe pour autant. Il ne me reste pas les plus belles années. Je sais que j'aurai à expier. Pas de lourdes fautes, pas de crimes, mais tellement de faiblesses. Ou parfois, au contraire, tellement de forces mal placées.

Après avoir lu ces mots qu'elle avait laissés sur la table, je me souviens avoir relevé à quel point nous étions tous autocentrés. Jusqu'à présent, il ne m'était jamais venu à l'idée que notre père avait pu avoir d'autres raisons que notre mésentente pour partir. Je l'avais vu comme un père, jamais vraiment comme un homme, ou comme le mari de ma mère. Il m'a bâti une vie de rêve, que je n'ai même pas été capable d'honorer de mon bonheur, écrivait Maman. J'avais réalisé que je ne savais rien. Que cet homme dont j'avais dessiné les contours à l'aune de ma propre vision de moi-même, m'était finalement inconnu. Comment nos parents s'étaient-ils rencontrés ? Quels amants avaient-ils été ? De quelle façon s'étaient-ils aimés ? Que s'étaient-ils promis ? Qu'avions-nous, mon frère et moi, attisé ou au contraire fané, en arrivant dans leur vie ? Je ne savais rien. Ni ses luttes à lui pour rendre Maman heureuse, comme elle l'écrivait dans son carnet. Ni ses renoncements qui, peut-être, l'avaient finalement enjoint à nous quitter. Saisir soudainement tout cela n'avait pas vraiment changé ma vision des choses, si tant est que j'en ai eu une. Cela faisait trop longtemps désormais que je vivais sans lui pour être capable de ressentir à nouveau le manque. Je m'étais juste dit que nous avions tous bien tort d'imaginer nous connaître les uns les autres. Nous sommes des mystères qui font mine de se comprendre pour que le monde tourne à peu près. Au-delà, nous sommes, me semble-t-il, plutôt seuls.

Au début où nous sommes arrivées ici, j'avais remarqué qu'à part lire, Maman était incapable de faire longtemps la même chose. Et puis, six mois environ après notre installation dans la forêt, j'avais observé un ralentissement de son rythme et davantage de fluidité dans ses activités. Enfin, il lui semblait possible de ralentir. Elle donnait l'impression d'être capable de faire les choses les unes après les autres. J'ignore comment c'est possible mais c'est comme si ses mouvements se décortiquaient en séquences, mais dans une vivacité très fluide. Un ralenti que l'on aurait accéléré. Ce qui lui confère un rythme qui lui est tout à fait propre. Quand elle fait sa toilette, elle donne le sentiment de s'atteler à chacune des parties de son corps de façon distincte, et c'est encore plus flagrant lorsqu'elle se brosse les dents. Elle retirerait chacune d'elles de sa bouche pour la lustrer sous la loupe d'un microscope que cela n'aurait rien de différent. Cela lui ressemble complètement. Maman considère les choses à la fois dans leur unité propre et dans leur ensemble inter relié. Cela fait d'elle une grande méthodique autant qu'une fichue approximative. Cela la rend insaisissable. Fatigante. Parce qu'elle peut effectuer des tâches avec une minutie extrême, donnant le sentiment d'être la matière elle-même. Figurant une conscience extrême des choses. Comme elle peut bâcler d'autres tâches, noyant les choses dans une masse informe, diluée. On ne sait jamais vraiment, et elle non plus je crois. À tout cela se mêlent tant d'autres dimensions ; l'impatience, l'obsession, la rapidité, l'excès, la profondeur, la finesse, la fatigue autant que l'énergie, l'engagement autant que la lassitude. Maman est pour moi fascinante à observer parce que j'ai la juste distance pour prendre sa mesure sans me laisser embarquer par elle. Parce que je ne me suis jamais perdue dans une quelconque admiration béate, conservant le sens critique qu'elle et notre père nous ont transmis. Je ne la juge pas, je ne cherche pas à en faire le portrait, je n'ai pas l'intention de transmettre ce que je découvre d'elle. Je prends tout comme c'est, comme on passe un moment devant un tableau, à en chercher les lignes de force et les intentions. Elle n'est pas une grenouille que je dissèque mais une œuvre vivante que je regarde avec bienveillance et détachement. Juste parce que j'aime cela. Juste aussi, sans doute, parce qu'en la voyant être et faire, je décèle ce qui m'a été transmis et en quoi cela m'a façonnée. Je me cherche à travers elle, autant que mon frère a pu le faire en partant loin. Lui a eu besoin de se confronter au monde pour se comprendre. Moi, de me confronter à elle et à moi à travers elle. Je ne cherche pas les points de similitude et de différence, les rapprochements et les écarts, non. Je cherche plus les liens de causalité. Ou comment ses comportements ont coloré mes moments de vie et les souvenirs que j'en ai. Maman est unique mais tout le monde l'est. C'est pour cela que je ne l'admire pas – je n'admire personne au demeurant. Son unicité à elle réside dans sa richesse et sa densité. Il m'est arrivé parfois de lire des livres qui ressemblaient à Maman ; serrés, compacts. Jamais faciles, parfois inaccessibles, mais pour moi, immensément beaux et inspirants.

La voix avait dit à Maman : Ils ont tué 80 personnes. Cela faisait plusieurs années qu'il était devenu inutile d'en dire plus. Nous savions tous de quoi il retournait. Ils avaient installé la peur partout. Au nom de Dieu, ils prenaient les grands comme les petits. Et ce jour-là, ils avaient pris mon frère. On entendait dire ici et là, que notre pays était en paix et Maman ne supportait pas ça. Qu'est-ce qui avait tué son fils, si ce n'était la guerre ? Il m'arrive de penser qu'elle a tout fait, et moi avec elle, pour que nous en arrivions là. Notre vie aujourd'hui ressemble à celle d'un pays en guerre. Nous vivons avec peu de choses, coupées du monde. Nous ne communiquons plus avec l'extérieur, et l'humain représente le plus souvent une menace.

Lorsque nous étions enfants, il arrivait à Maman de partir parfois. Des départs de quelques heures, de quelques jours, de quelques semaines. Mon frère et moi n'avions pas toujours conscience de la durée de ces absences. Quand notre père était silencieux ou loquace aux moments inopportuns, nous intuitions que le temps avait passé, plus que la fois d'avant, plus que de raison ou plus que ce que chacun avait envisagé. Aucun de nous ne posait de questions à ses retours. Même s'il y en avait tellement. Elles me grattaient l'intérieur des joues comme les ailes d'un éphémère enfermé, ou comme les pattes fines de tout autre insecte ; Sisyphe prisonnier qui tentait de remonter les parois glissantes tombant à pic de chaque côté de ma langue. J'en avais développé une sorte de tic, faisant basculer ma mâchoire de la gauche vers la droite, dans un mouvement qui faisait craquer doucement mes os. Je balayais le moindre centimètre carré de ma cavité buccale, y compris l'arrière, le devant et les côtés de mes dents. Je tentais ainsi de nettoyer cet espace où trop de choses se bousculaient, dangereuses à laisser sortir. Avec le temps, le tic était passé mais ces moments avaient fait naître en nous, en tout cas en moi, une sorte de doute permanent et une rancune aussi féroce qu'elle était ravalée. Elle cohabitait de façon chaotique avec le fait que Maman me manquait tant lorsqu'elle n'était pas là.

Il pouvait aussi arriver qu'elle ne nous adresse pas la parole pendant des jours. Nous continuions de sentir son amour et son affection mais elle était comme rentrée en elle. Comme si elle se débattait avec elle-même et que nos vies à côté étaient en trop. Mon frère et moi avions appris à faire avec, tentant de nous faire aussi discrets que des enfants peuvent l'être. Nous ne nous approchions pas trop. Non que Maman nous fît peur mais c'était comme si sa peau avait une texture particulière qu'il valait mieux ne pas toucher. Elle dégageait une sorte de chaleur, à la manière de la semelle d'un fer à repasser. Ou donnait l'impression d'être aussi électrisante que la peau en écailles des serpents. Après certaines nouvelles, et même lorsqu'elles ne la concernaient pas, Maman pouvait s'effondrer. Littéralement. Elle qui ne pleurait presque jamais, elle mettait un genou à terre et laissait aller ses sanglots. Nous ne savions jamais trop quels événements pouvaient subitement provoquer ces raz-de-marée émotionnels chez elle. Nous essayions d'être vigilants, de jauger l'intensité des informations. À dire vrai, nous n'avons jamais vraiment pu établir de représentation fiable à ce sujet, et nous avons continué de tâtonner, sans parvenir à identifier ce qui résonnait ou pas en elle. Maintenant que je vis à ses côtés, je crois avoir enfin saisi le mécanisme. Nous avions tort de ne considérer que l'intensité des sujets. Dans la tête de Maman, c'était la dynamique et les interconnexions qui faisaient ou non vibrer sa sensibilité. Ainsi, elle pouvait ne pas tressaillir face à l'annonce d'une mauvaise nouvelle, et se laisser envahir par un événement anecdotique, à partir du moment où il faisait écho à d'autres, s'enchevêtrait, les décuplait, et lui donnait soudainement une image globale qui devenait plus grande qu'elle, jusqu'à la dépasser et l'ensevelir. Le jour du coup de fil, le combiné collé à son oreille, Maman s'était figée. Pour éviter que tout ne sorte d'un coup : la colère, la peine, la douleur si grande, elle s'était pétrifiée. Comme si la glace s'était emparée d'elle. Je n'avais pas su si je devais m'approcher ou pas. Elle avait posé quelques questions laconiques et les réponses avaient dû l'être tout autant car il y avait vraiment eu peu de temps entre chacune de ses phrases à elle. Je m'étais avancée. Mon cœur battait si fort. J'avais cherché ce dont il pouvait s'agir et rapidement su. Comme si mon corps se souvenait. J'avais déjà vécu cela. Le coup de fil. Tous ces gens qui ne savent pas quoi dire. Et un qui finit par lâcher ces mots puants : Dieu cueille les plus belles fleurs de son jardin en premier. Cette phrase était passée en moi au moment précis où Maman avait raccroché. Elle s'était penchée et avait débranché le téléphone ; il n'y aurait jamais plus de nouvelles.

Qu'il s'agisse de ses balades sans nous ou de sa vie quotidienne à la maison, Maman était une alternance permanente de présences et d'absences. Face à tous ces cas, le mieux était d'attendre qu'elle revienne, pleinement présente et pleinement lointaine à la fois. Je sais qu'elle a tout tenté. Pour nous apporter de la stabilité et de la sécurité. Malgré ses efforts, son inconstance suintait naturellement et nous vivions à ses côtés en tentant de nous accommoder, non pas de ses sautes d'humeur car Maman n'était ni colérique ni lunatique mais disons, de ses fluctuances. Qu'elle subissait autant que nous. En partant ou en se taisant, Maman fuyait ce que nous lui faisions vivre en étant bruyants, capricieux, émotionnellement instables comme des enfants, mais elle tentait aussi de nous protéger de ce que cette vie tous ensemble faisait tourbillonner en elle. Je me souviens avoir un jour surpris une conversation entre notre père et elle. Elle disait qu'elle était fatiguée ; elle craignait de nous déconstruire en étant juste elle-même. Elle disait qu'elle était trop complexe pour être structurante. Elle disait qu'elle avait honte, qu'elle aurait aimé être différente. C'était tellement rare qu'elle se confie ainsi qu'il m'avait semblé entendre plus d'émotion que de raison dans la voix de notre père lorsqu'il lui avait répondu : Tu es riche. Tu les enrichis. Tu es riche. Tu es riche. Il avait répété cela et j'étais placée pour entendre mais pas pour voir ; je n'avais alors pu qu'imaginer la douceur de son visage et ses yeux emplis de larmes, car dans ces rares cas où Maman s'ouvrait comme une immense faille, notre père abandonnait tout ce qu'il était. Il n'était plus cet homme intranquille et pressé. Il n'avait plus d'histoire, plus de souffrance à lui, il ne courait plus après rien. Il était exactement comme Maman avait besoin qu'il soit. Il n'y a qu'avec elle qu'il savait faire ça. Être la justesse même. Sans enjeu, sans place à prendre ou à perdre. Il me semblait alors que reposait là toute la force de leur amour et de leur union.

Je vais chercher du bois pour la nuit. En ouvrant la porte, le vent s'engouffre violemment et j'entends Maman pousser un petit cri. Je dis : Je fais vite. Maman n'est pas tranquille depuis quelques jours. Ses gestes sont vifs et il n'y a pas toujours de logique dans leur enchaînement. Comme avant que nous venions nous installer ici. Quand nous vivions en ville. Mais depuis le début de la semaine, Maman a perdu le sens des priorités ; tout doit être fait dans la minute et elle cumule les tâches. Parfois même, je ne l'entends plus respirer, toute prise qu'elle est à ce que ses gestes et ses déplacements se coordonnent, dans une ridicule optimisation.

En longeant la cabane, je crois sentir une présence. Ça n'est pas rare. C'est quelque chose que j'ai découvert en vivant ici. En ville, la moindre présence est humaine. Elle est un choix, elle a une raison. Ici, il y a plus de présence animale et végétale qu'humaine. C'est en conséquence toute une logique qui nous échappe. Le vol d'un oiseau, le mouvement des herbes et des branches, le départ d'un animal. Autant de présences autour de nous, sans que nous ne sachions jamais ce qu'il se passe vraiment. Je me retourne lentement ; s'il y a quelque chose à voir, je ne le verrai que si je suis calme, lente et silencieuse. Mais je ne vois rien. Pas même une chauve-souris. Je remplis la brouette de bois et la pousse péniblement. Le sol n'en peut plus d'être gelé. Les poignées de la brouette collent à mes mains et je sens le froid remonter jusque dans mes épaules puis redescendre le long de mon dos.

Je hisse la brouette sous le porche, par la rampe que j'ai fabriquée il y a deux étés. Maman sort dès qu'elle m'entend. Elle dit : Peux-tu vider les toilettes et aller chercher de la sciure. Je saisis le panier en osier et le seau en inox ; il est trop tard pour le nettoyer et pour geler mes mains. Je le porte jusqu'au tas de compost et jette son contenu le plus loin possible. En tombant, la sciure trempée surprend quelques insectes et petits animaux. J'entends des bruits légers que je ne parviens pas à identifier et puis à nouveau, le calme. Je mets trois pelletées de sciure dans le panier et rentre doucement. Je ne suis plus pressée.

Il ne me semble pas être restée dehors plus de 15 minutes, mais j'ai le corps frigorifié et raide. Il ne fait pas si chaud que cela à l'intérieur de la cabane. Je dis à Maman : L'hiver est là. Elle prend mon manteau pour l'accrocher près du poêle et me caresse la joue. Même si elle ne sourit pas souvent, Maman est tendre. Ses mains sont aussi douces que dans mes souvenirs. Malgré le travail de la terre et la rudesse de notre vie ici. Naturellement, Maman a les mains douces.

Mon frère a eu sa première jument à l'âge de sept ans. Elle était arrivée par la grande route qu'il avait regardée pendant des heures, depuis des jours, depuis que notre père lui avait annoncé qu'il allait devenir le propriétaire d'une jument Barraquand de couleur bai. Mon frère parlait très peu et nos parents comptaient beaucoup sur cet animal pour l'aider à s'apaiser, peut-être même à se sociabiliser. Notre père l'avait dégotée par le biais d'un type qui vendait aussi des chaises en paille sur le marché le mardi. Comme il n'avait signé aucun document officiel, nous étions incapables de savoir quand exactement la jument arriverait. Il avait dit que courant mai, le propriétaire de la jument nous l'amènerait, mais sans être plus précis. Ce qui fait que jusqu'au moment où le van harnaché au 4x4 bordeaux s'était pointé au bout de notre chemin, aucun de nous quatre n'était vraiment sûr que la chose allait se faire. Maman était si sceptique qu'elle ne posait aucune question. Notre père était trop occupé à se convaincre qu'il ne s'était pas fait avoir. Mon frère vivait dans un état d'impatience que j'avais toujours trouvé hors norme. Il attendait, simplement. Sans sembler trouver le temps long, sans manifester le moindre dépit lorsque le jour se couchait sans avoir empli son vide. Il attendait et sa vie s'était presque entièrement réduite à cette souche qu'il avait pris grand peine à déplacer jusqu'à la lisière de notre propriété et sur laquelle il attendait donc, chaque heure de chaque jour. Au bout de deux semaines d'une attente que j'avais pour ma part trouvée interminable, nos parents avaient tenté de le raisonner, lui suggérant d'occuper son temps à préparer l'arrivée de sa jument. Mais il avait sept ans et s'il maniait déjà parfaitement de nombreux outils, il lui était compliqué de bâtir seul un box digne de ce nom. Il avait dessiné un plan d'une précision qui semblait avoir été peaufinée par toutes ses consultations et lectures sur le sujet, ses observations des ouvrages des voisins alentours, et ses quelques années de réflexion solitaire.

Un matin, la fièvre était apparue et le médecin avait diagnostiqué une sévère infection urinaire. Mon frère avait trop attendu sur sa souche, au point d'oublier d'aller régulièrement uriner. Après son rétablissement, il avait repris sa tâche en comptant sur ses doigts les jours qui le séparaient de la fin du mois. Quatre jours avant l'échéance, il était devenu incapable de manger et vomissait matin et soir. La nuit, j'entendais les bruits confondus de son ventre affamé et de ses dents crissant les unes contre les autres dans un grincement plus désagréable que n'importe quel ronflement.

La jument n'avait pas sociabilisé mon frère. Mais jusqu'à ce qu'elle meure, quatre années plus tard, elle l'avait je crois, rendu infiniment heureux. De ce bonheur aussi morne que l'avait été son impatience de futur jeune propriétaire et qui était le seul dont mon frère fût capable. Le bonheur simple et profond du premier amour. Et je revois ses poings serrés d'enfant, fâché de douleur, quand les coliques s'étaient ajoutées à la vieillesse de sa pauvre compagne. Ses larmes ravalées qu'il me semblait voir couler dans ses veines et saler son petit corps d'enfant. Mon frère avait porté son deuil en incarnant, dans une sorte de croissance mimétique, tout ce que sa jument avait pu être. Solide, docile, robuste, fiable, d'un caractère infiniment stable. Rustique. Mais sensiblement plus farouche. Aussi poreux qu'imperméable, taiseux sans être indifférent. Comme elle, il me semble qu'il avait traversé la vie, acceptant ce que l'on attendait de lui mais ignorant la moindre prescription d'obéissance. Il avait toujours été vain d'exiger quoi que ce soit de mon frère. Et personne d'ailleurs n'avait jamais vraiment fait la moindre tentative d'autorité à son égard. Nos parents l'avaient élevé en lui donnant à boire et à manger, de l'affection et de l'attention mais sans avoir à le façonner davantage. Mon frère avait tout appris ou presque, en observant et en reproduisant. Aucune lutte ne lui avait jamais semblé utile à mener. Il ne s'énervait pas, même lorsqu'on le sentait affecté. Il ne cherchait pas la compagnie des autres mais ne la fuyait pas. Il était dans le monde. Immensément présent. Et j'avais puisé à ses côtés un apaisement volcanique qui n'avait jamais cessé de me fasciner.

Lorsqu'il avait été question de partir vivre en ville, je savais qu'il s'agissait d'un projet bien loin de ses aspirations. Il avait accueilli la nouvelle, avait encore un peu grincé des dents la nuit, puis avait annoncé qu'il quitterait la forêt comme nous, mais pour partir plus loin et sans doute plus longtemps. Nous avions fait nos cartons pour un appartement en ville, et lui, son sac à dos pour ailleurs. Il avait été cohérent que mon frère ne nous donne que peu de nouvelles par la suite. Mais nous le sentions vivant comme il l'avait toujours été. Sensible. Il devait marcher beaucoup, être accueilli et apprécié. Il devait travailler avec tout l'engagement dont il était capable. Ne jamais parler pour ne rien dire. Observer jusqu'à dépouiller le monde, jusqu'à ce qu'il ne reste plus que des os à sucer. Il n'y avait eu nulle cohérence en revanche, dans le fait que mon frère se fasse assassiner par des fanatiques qui pensaient convaincre en tuant.

Il n'existait au monde aucune raison valable d'imaginer que les morts soient sensées. Aucune raison de croire qu'elles puissent être envisagées de façon à répondre avec logique à ce qu'une existence avait pu être. Mais l'on cherchait pourtant. Comme le noyé à la branche, accroché à l'idée d'une justice supérieure qui ordonnerait ses conditions, assurant qu'il y ait dans la fin, une sorte de discipline rationnelle. Mon frère qui marchait, soulevant ses pieds comme des sabots sur les chemins du monde entier, mon frère sauvage s'était trouvé sur la route de ces monstres de colère et en était devenu la victime. Je n'avais pas souhaité entendre les détails et j'ignorais s'il avait eu à lutter, à se sauver ou à sauver des autres. Je savais qu'il avait fait ce qu'il y avait à faire, c'était absolument certain. Avant de se coucher sur le côté comme sa vieille jument fatiguée de marcher.

Je me couche ce soir avec trop d'idées dans la tête. Demain, je vais en ville faire quelques provisions. Je pense au ragondin, au héron et à ces prédateurs qui ne sont pas toujours ceux qu'on croit, je pense à la photo envoyée par mon père, à l'étang qui se vide, au sentiment d'une présence tout à l'heure près du tas de bois, à mon frère dans sa tombe, à mon fils dans la sienne, à Maman qui n'arrive pas à retrouver la lenteur qui lui fait du bien, à l'hiver qui promet d'être rude, aux vivres qui pourraient manquer avant que le printemps ne revienne. À cette phrase : Depuis que tout ça a commencé, nous avons attendu d'être sauvées, attendu comme de stupides princesses que nos vies légitimes nous soient rendues. Mais nous n'avons fait que nous berner nous-mêmes, que jouer un autre conte de fées. Notre histoire ne peut pas avoir une fin heureuse.

Je me réveille en sursaut. Cela doit être le matin, tout juste. Il fait très froid dans la chambre. Je m'assois dans mon lit, le dos droit, et essaie de rassembler mes idées. Plus qu'à la lumière, je décèle aux bruits du dehors que le jour est en train de poindre. C'est un moment de clairvoyance. Comme un temps de cuisson qui arriverait à son terme. Cela a maturé en moi, à mon insu, et c'est prêt pour être compris. Je me redresse encore. Je ne sais pas si je dois formuler mon idée à voix haute, ou bien l'écrire, ou bien la dire dans ma tête simplement. Je prends une respiration et ferme les yeux. J'essaie de visualiser les mots dans ma tête. Et je dis doucement, à voix très basse :

Maman n'utilise quasiment aucun terme masculin. Alors que je donne forme à cette intuition, elle me paraît un peu stupide. Est-ce seulement possible ? Je tente de clarifier ma pensée et la masse de la sémantique de Maman m'apparaît ; elle est féminine. Bien sûr, Maman utilise des mots masculins, sûrement, forcément, mais si peu. Elle ne prépare plus de repas depuis longtemps ; elle parle de nourriture, d'alimentation, d'offrandes même parfois. Je l'entends savourer avec gourmandise la terre, la lune, la forêt, l'eau. Elle ne lit pas de livres mais dévore quotidiennement de la littérature. Et il en est ainsi de tellement d'autres choses. Ses mots, son vocabulaire, l'ensemble de sa phraséologie se dessinent devant moi, comme un ventre rond aux seins pointus. Le masculin n'occupe qu'une place minime, à la marge, relevant soit du symbole d'une intrusion inévitable, verticale – elle parle encore des arbres, même si je l'entends de plus en plus évoquer la végétation – soit d'un rôle nourricier – le potager, les légumes. Les termes masculins semblent avoir déserté son vocabulaire, comme son mari, son fils et son petit-fils ont quitté notre terre. Je me sens soudainement prisonnière. J'ai envie d'hommes. N'importe lesquels. Il me faut des hommes dans ma vie. Il me faut des hommes dans ma survie.

Il a été un moment, qui me paraît si lointain, où il a semblé opportun – à qui ? – de quitter la forêt. Notre père avait des fourmis dans les jambes, et peut-être bien ailleurs. Maman avait envie de se nourrir d'autres choses. Et moi, je voulais faire des études, apprendre, comprendre. Et rencontrer des hommes. Nous étions partis en ville, loin de chez nous. Là où tout nous avait semblé plus compliqué mais aussi plus possible. Nous y avions aimé l'anonymat qui permet de devenir soi. Le cap forcément loin devant et rien qui tire en arrière. Ou alors, de façon si lointaine qu'avec un peu de volonté et de ténacité, il était toujours possible de faire comme si de rien n'était. Quitter la forêt avait été une déchirure pour chacun de nous quatre. C'était un choix autant qu'un sacrifice. Comme lorsque vous avez envie de quelque chose et que vous le redoutez dans les mêmes proportions. Il nous avait fallu admettre que nous avions besoin d'autre chose que de notre vie à quatre dans le lointain, pour nous compléter. Avant de revenir un jour, pour ceux pour qui cela serait possible et pour ceux qui le souhaitaient.

Nous étions armés. Nos parents nous avaient appris à reconnaître, à guetter, à pister, cueillir, pêcher, chasser, plumer, dépecer, compoter, conserver, concevoir, fabriquer, abattre, débiter, empiler. Ils nous avaient transmis ce qu'ils savaient dès que nous avions été en âge d'observer et de comprendre. Puis ils nous avaient initié dès que nous avions été en mesure de manier l'outil idoine.

Ils n'étaient pas des spécialistes mais ils étaient sensibles, méthodiques et compensaient leur manque de connaissances factuelles dans certains domaines par du bon sens et des lectures. Parfois par quelques conseils glanés auprès de ceux qui en donnaient le moins. Nous étions donc armés, mon frère et moi. Mais la vie en forêt ne nous avait pas préparés à celle en ville. Accompagner nos parents de temps à autre pour quelque réapprovisionnement ou réparation n'avait rien à voir avec le fait de vivre en ville. Là-bas, nos connaissances et nos habitudes formaient un amas de handicaps. Des travers qui nous rendaient inaptes à tout un tas de choses, et surtout aux relations sociales. Mon frère avait sans doute vu plus d'animaux dans sa vie que d'humains. Moi, j'étais une éponge gorgée de ces multitudes de mouvements, de bruits et d'intentions dont la ville recélait. Les premiers temps, j'étais épuisée au bout de quelques heures passées dehors et je devais vite rentrer dans notre appartement, pour me remplir de vide et de silence. Je me faisais l'effet d'une sauvageonne qu'on libère soudain. Il me semblait tout ignorer des codes sociaux et des règles de la bienséance citadine.

À cette époque, il nous aurait fallu être plus soudés que jamais, pour s'acclimater ensemble, trouver des repères communs puis enfin, prendre notre envol. Mais nous n'avions pas su faire cela. Chacun à sa façon, nous avions pris grand soin de nous jeter vite et fort en avant, pour que rien ne nous rattrape. Nous en avions fait une sorte de devise même. Mon frère avait effectivement voyagé. Maman avait beaucoup, beaucoup travaillé ; elle donnait des cours et était très appréciée. Notre père était parti. Moi, j'avais rencontré des hommes que j'avais espérés. Quand j'y repense, ma vie à cette époque me fait l'effet d'un rodéo. J'avais essayé beaucoup de choses en espérant entendre le déclic qui indique que la pièce est à sa juste place. Jamais, je n'avais eu la sensation d'errer. Juste, je cherchais, cherchais, cherchais. Je ne me perdais pas vraiment, je cherchais. À chaque fois, je trouvais d'ailleurs. Un petit morceau du puzzle. Pendant des années, j'avais fantasmé cette question d'identité. J'avais rêvé de rencontrer la mienne et d'aider les autres à trouver la leur. Il m'avait fallu des années et des drames pour saisir qu'il n'y a aucune véritable réponse. Pas de terme à cette quête. Que cette question ne vaut que pour le chemin qu'elle permet. On cherche sans cesse puisqu'on bouge sans cesse. Rien ni personne ne détient la clé. Pas plus les boîtes poussiéreuses dans les greniers que les psys dans leur cabinet.

Je descends ; le poêle est éteint et Maman dort encore. Je décide qu'à partir de ce soir, je dormirai dans le salon, près du feu. En hiver, je préfère vivre dans des espaces restreints et ma chambre, qui ne se réchauffe jamais vraiment, finit par me déprimer à mesure que les températures extérieures baissent. Je me demande combien il y a d'arbres ici, combien de feuilles, combien de livres dans cette cabane, et combien de pages. Il me semble n'avoir besoin de rien d'autre depuis bien longtemps. Je vis autrement.

En m'attablant, alors même que notre saison rend cet écho impossible, il me semble entendre une buse piauler au loin. Un cri qui déchire le matin qui arrive. Le cri d'un enfant qui cherche sa mère. Je sens mon cœur qui se serre. Maman, où es-tu ? Maman, je ne te vois plus. Maman, je suis perdue. Je rassemble mes affaires et mes forces pour aller en ville. Nous déjeunons rapidement et Maman finit par dire : Je t'accompagne en ville. Je ne veux pas qu'elle m'accompagne en ville. À chaque fois, même si elles sont rares, nous revenons un peu perdues, l'une comme l'autre. La ville, c'est l'endroit de la vie et de la mort. Là où mon frère et moi sommes devenus adultes et là où il a été pris. Là où nos fils sont enterrés puisqu'on n'a pas eu le droit de les laisser reposer dans la terre d'ici. Je dis : Je ne préfère pas. Je sens l'atmosphère s'électriser. À ce moment précis, j'ignore ce qui va se passer. Nous sommes à un embranchement. Nos colères peuvent décider de s'affronter. L'une de nous peut choisir de céder. Nous avons peu d'occasions ici d'être de mauvaise foi ou méchantes. Dans tous les cas, je sais qu'il n'y aura pas de discussion, pas de tentatives de convaincre l'autre. Nous sommes sur le fil. À ce moment de bascule qui nous fatigue d'avance l'une comme l'autre. Personne pour arbitrer. Même pas l'ordre des choses ; cela fait plusieurs années que nos relations ne sont plus basées sur le lien mère-fille. L'autorité ne fait plus partie de notre vie.

Une fois que j'ai réussi à m'extirper de la forêt, je décide de passer par la grande route, en faisant un détour par les chalets abandonnés qui jalonnent l'axe dégagé de sa neige. La route y est défoncée mais j'aime passer devant les chevaux. Je suis heureuse de les voir dehors, couverts, et se moquant de ce qui se trame autour d'eux. À chaque fois que je vais en ville, je la trouve moins bruyante que dans mon souvenir mais toujours plus lointaine. Je mets une heure et demie pour parvenir à destination. Entre les petits immeubles et les commerces amassés, la neige assourdit tous les bruits. Le matin tôt, il arrive de voir des types perchés qui font tomber les amas neigeux, à la fois pour préserver les toits et les passants. C'est un métier comme un autre. Je me gare sur le parking du petit supermarché, à côté du parc où il y a des jeux pour enfants et un mur où sont autorisés les graffitis. Cette ville s'excuse plutôt bien de ce qu'elle est tant il y a de parcs et d'espaces naturels ici. En descendant de la voiture, je vois une vieille dame sur son balcon qui tente de mettre un voile d'hivernage sur un arbuste. Mais le vent souffle tellement qu'elle ne parvient pas à maintenir le voile et à faire un nœud. Je souffre pour elle qui n'a rien dans le cou et à peine un gilet sur le dos.

Quand je rentre dans le bâtiment, je suis d'abord surprise par les lumières artificielles. Il y a une telle quantité de néons allumés au plafond qu'il me faut un peu de temps pour habituer mes yeux et pour m'habituer moi à cette débauche inutile d'énergie. J'ai travaillé quelque temps ici, au début de ma grossesse et il ne faut pas cinq minutes à mon ancienne collègue pour me retrouver. Elle me fait un signe discret pour que je la rejoigne dans la réserve. Elle a les mêmes cheveux courts qu'avant et des cheveux blancs désormais. Dans sa vie à elle, tout est venu trop tôt. La maternité, la douleur. En vivant tout en avance, elle a toujours tout pris de plein fouet, sans jamais rien ni personne pour la protéger. Pour ses quarante ans, elle s'était fait tatouer dans le dos : Souvent conquise, jamais soumise. Elle m'avait dit qu'elle avait choisi le dos, parce qu'elle y avait passé beaucoup de temps, face à des hommes qui l'avaient chevauchée sans jamais la dompter. Là-dessus, j'avais toujours pensé qu'elle se trompait un peu. Elle avait été malmenée par un paquet de personnes, y compris ses parents qui n'avaient jamais supporté qu'elle devienne mère à 15 ans, comme si elle, elle avait pu le supporter. La méchanceté des parents a quelque chose d'unique. Elle s'immisce mieux que n'importe quelle autre sournoiserie. Elle s'infiltre dans vos failles d'enfant. Quand vous n'étiez pas solide. Elle se fortifie de vos doutes d'adolescent. Se nourrit de vos échecs. Elle s'abreuve de vos confidences désarmées. Elle prend sa source dans le ventre, est lovée dans vos entrailles. Elle est puissante de vous-même, gorgée de la nourriture que vous avez puisée au sein de votre mère et dans la main de votre père. La méchanceté des parents est incommensurable. Elle explose votre cœur et pulvérise votre identité. Et elle le fait de façon tout à fait simple. C'est une méchanceté naturelle et facile.

J'essaie de ne penser à rien alors que ma collègue m'explique par le menu tout ce qui a changé ici depuis mon départ. Elle cherche à savoir comment je vais et cela me met mal à l'aise. Elle me connaît bien. Elle est la première à qui j'ai annoncé que j'attendais un enfant. Elle m'avait dit : C'est le plus beau des prix à payer. C'était au début du printemps, nous nous étions garées en bas de la maisonnette où elle vivait. Nous avions enjambé le portillon comme elle le faisait toujours : Je l'enlèverai un jour, il ne sert à rien ce portillon. Pas habituée à ce que les portes s'ouvrent, elle avait pris le pli d'enjamber. Un effort supplémentaire intégré à son quotidien. Dans son jardinet, il y avait peu de choses. Au fond des cendriers vidés croupissait l'eau de la dernière pluie. Rien pour le repos, pas même une table pour dîner dehors. Elle n'avait pas de temps pour ça. Ce qu'elle gagnait lui servait à survivre, pas à vivre en se prélassant au soleil. Si je veux manger dehors, je vais pique-niquer. J'ai jamais eu besoin de chaise. En arrivant sur le parking du supermarché, j'avais vu sa vieille voiture, avec un plastique vaguement collé au gros scotch sur la vitre arrière. Il avait dû lui arriver des bricoles.

Faire mine de l'écouter me demande une énergie incroyable. Elle fait des gestes dans tous les sens, brasse de l'air, s'excite. Je crois qu'elle est heureuse de me voir et qu'elle n'est pas habituée à être heureuse. Je me demande si elle est sobre. Elle a gardé ses gestes de fumeuse, son menton haut, même si depuis le cancer, les cendriers sont restés vides. Elle a une façon de saisir les objets, la gestuelle de ceux qui ont passé plus de temps une cigarette à la bouche que sans. Je finis par dire que je suis pressée et elle semble surprise. Venir en ville est toujours une épreuve. Mes angoisses reviennent au galop sans que je parvienne à les maîtriser un tant soit peu.

En progressant dans les allées du magasin, je me heurte à ce sentiment que tout est insurmontable. Je ne suis pas sûre de m'être un jour sentie aussi perdue qu'à l'époque où je travaillais ici. Il m'arrivait d'espérer que quelque chose de grave arrive. Un événement dramatique qui m'aurait fait l'effet d'un électrochoc. Une douleur qui aurait déconnecté mon cerveau et anéanti ma réflexion. Je me disais que les rouages se seraient arrêtés et que dans cette soudaine immobilité, l'évidence serait apparue. Les réponses à toutes les questions. Ce qu'il fallait faire. Pourquoi les choses étaient ainsi. Où je devais aller. Comment vivre. Cela aurait été limpide et enfin, j'aurais su comment être heureuse. Plan insensé que celui d'espérer accéder au bonheur en passant par le malheur. J'en étais arrivée là. Je m'étais perdue en moi. J'étais devenue labyrinthique à moi-même. Je m'épuisais. Et tous mes efforts pour me comprendre ne faisaient qu'accentuer la dérive de ma propre boussole. C'était pire. Chaque fois, j'ouvrais un champ qui portait sa propre complexité, qui me semblait s'ajouter à la mienne. Il y avait alors encore plus de chemins possibles. Trop de voies envisageables jusqu'à moi. Et plus je me cherchais, plus je me perdais. Je continuais, avec une rage de saisir, le fol espoir de pouvoir, un jour m'embrasser tout entière. Et peut-être même, embrasser le monde entier. Comprendre tout. Les liens, ce qu'il faut faire, pourquoi les choses sont arrivées. J'avais le sentiment de ressentir en moi le degré de détail des cerveaux de chacun. Et je me demandais comment comprendre ce qui s'était tramé dans chacun de ces cerveaux, seuls puis interconnectés, puis reliés au monde. À cela s'ajoutaient les histoires personnelles de chacun, les histoires antérieures, les traumas, les petites phrases répétées et qui bâtissent les hommes. Il y avait tout un tas de détails, trop nombreux, trop interfacés, qui, j'en avais l'intuition, si je parvenais à les comprendre, expliqueraient les événements. Tous les événements. Permettraient d'en empêcher certains. Mais il y avait trop de degrés. L'histoire ancestrale de chacun, son éducation, ce qu'il a vu, entendu, son chemin, ses relations, l'histoire propre à chacune des personnes en lien avec lui, le monde autour de lui, l'immensité du monde, la matière… Il y avait trop de choses et je ne pouvais pas comprendre. Je m'arrêtais au seuil, impuissante. J'avais cette intention que je ne maîtrisais pas. Elle mettait tout mon être au bord de mon cœur, prêt à chuter. Je ressentais tout cela en moi mais mon cerveau ne pouvait pas suivre. Je ne pouvais résoudre l'incroyable équation du monde et des êtres. Et je vivais avec la souffrance de ressentir tous ces degrés de détails et de croire qu'en les intégrant, en trouvant une place à chaque chose, je trouverais enfin la paix. Les gens se succédaient face à moi, assise derrière ma caisse. Et ce qui devait être un job alimentaire était devenu une torture quotidienne dont je ne parvenais pas à m'extraire. Les articles passaient entre mes mains; chacun portait quelque chose avec lui et pesait entre mes doigts. Tout ceci venait gonfler le reste. J'avais le sentiment d'être le fruit de tout cela mais surtout d'en être la victime. Je n'avais pas choisi et je ne maîtrisais pas cela. Même, je me débattais avec. Je m'y sentais empêtrée, engluée. J'avais le sentiment d'avancer le dos courbé, les membres retenus par une sorte de chewing-gum et la propriété élastique qu'on lui louait formait en réalité mon piège. Je parvenais à avancer, en étirant la matière souple et résiliente dans laquelle j'étais retenue. Mais je ne pouvais m'en défaire tout à fait. Elle entravait l'amplitude de mes gestes. Elle m'empêchait de me déployer. Elle m'enfermait, brouillait ma vue, ne me permettait pas de relever la tête et ouvrir les bras. Elle me recroquevillait et m'obligeait à avancer courbée, à passer en force. Laborieusement, tout le temps. C'était épuisant. J'avais, souvent, un genou à terre. J'avais mal dans la nuque. Je me sentais à la fois incroyablement poreuse et incroyablement imperméable. Tout m'atteignait, tout me touchait. J'avais le sentiment de ressentir les connexions et les cellules s'agiter en direct. Dans le même temps, je me sentais coupée du monde. Incapable de sortir de ma tête. Incapable de m'ouvrir aux autres et de m'ouvrir tout court. Trop de choses se passaient, ici et maintenant, convoquant hier, anticipant demain. Je ne pouvais pas être juste là. Laisser aller. Accueillir et ressentir. Non que je ne voulais pas. Je n'espérais que cela. Savoir faire cela. En être capable. Mais je ne pouvais pas. Partout, j'allais quêter de la légèreté. Je cherchais à fendre l'armure. Je cherchais cet électrochoc qui me ferait atteindre cela. Je l'enviais aux autres. Mais j'étais incapable d'y accéder. En étant moi-même, je désamorçais naturellement toute tentative d'y parvenir. J'étais mon propre poison. Mon raisonnement et mon fonctionnement généraient ma propre incapacité à me dénouer. J'étais un piège pour moi-même. Cela faisait mal à l'intérieur. Cela brûlait. L'élastique me donnait l'impression d'avoir pénétré en moi. Il était dans ma chair, dans mes veines, dans mes muscles. Il m'empêchait de l'intérieur. Et parce que j'étais comme j'étais, j'en avais pleinement conscience. J'avais le sentiment d'assister à mon agonie. De rire de moi-même, m'observant me débattre. Me moquant de mes essais pour comprendre et m'en sortir. J'étais comme un monstre s'auto-alimentant. Alors, je me détestais. Et pour m'en sortir, je continuais de chercher mes failles. Comme j'en trouvais, elles se renforçaient, se nourrissaient les unes des autres. Je ne pouvais pas tout comprendre. Cela m'épuisait.

À l'époque, une psychologue m'avait dit que ça serait bien que j'écrive et j'avais espéré un miracle. On croit qu'écrire se passe dans la tête. Que c'est une affaire intellectuelle. Les mots se mettent à la queue leu leu et sortent tranquillement, fidèles à la pensée. Or, je n'avais jamais rien fait qui n'engage autant le corps qu'écrire. Écrire, c'était lâcher. C'était le corps entier qui sortait les mots, lui qui racontait, respirait, livrait. Je sentais ce que je voulais dire et je pensais qu'il me suffirait de m'attabler pour l'exprimer par écrit. Mais rien n'avait été plus faux. Tant que je n'avais pas accepté de raconter vraiment, de lâcher la bride pour que la sincérité s'installe, j'étais restée à la surface. Capable d'aligner quelques mots convenus tout au plus. Dans un élan studieux, quelques phrases. Mais rien qui ne disait vraiment. Il avait fallu que je m'ouvre à moi-même. Que je cesse de me mentir pour être vraiment. Et cela avait été insurmontable.

La vie en forêt avait éloigné tout cela de moi. Avait apaisé ce tourbillon intérieur. En la retrouvant, j'avais eu le sentiment d'y être à ma place. Je m'y posais moins de questions. J'accueillais les événements avec un recul relativement apaisant. La mort de mon fils avait, me semble-t-il, fondu les sinuosités en moi. Voilà, j'avais obtenu ce drame que j'avais honteusement envisagé comme un déclencheur de mon bonheur. Et bien entendu, la recette ne valait rien. J'avais sombré et la peine ne m'avait pas ouvert de nouvelles portes. Elle ne m'avait pas permis de trouver le bleu plus bleu ou le vent plus soyeux. La douleur avait achevé de me perdre en m'arrachant ma création. La nuit, je ne pouvais m'empêcher d'imaginer la décomposition du corps. Aussitôt les yeux fermés, je le voyais. Ce corps. Le corps. N'importe quel corps. Son corps. Cela me démangeait presque. Aux pliures. Derrière les genoux, sous les bras, dans la nuque, entre les orteils. On le dévorait. Le corps se décomposait. Il me fallait rouvrir les yeux. Oublier l'image de ce corps qu'on grignote. Impossible. Mes paupières étaient collées. Impossible de rouvrir les yeux. Et je sentais, dans mes orbites, les bêtes grouiller. Ces bestioles marchaient, se promenaient. Elles avaient pris possession des lieux. Elles étaient chez elles. Les canaux qui relient les yeux, le nez, la bouche étaient devenus de formidables autoroutes, des toboggans où se laissaient glisser les bêtes noires. Ces petits corbillards sans nom allaient s'emparer du cerveau, le grignoter. Je ne parvenais pas à arrêter d'y penser. Ce corps enfermé. La panique une fois le couvercle retombé. Le bruit des voitures, les pleurs des proches, le bruit sourd de la terre sur la boîte en bois… On n'avait peut-être pas entendu les cris. On avait peut-être été trop vite. Mince. Les cris, les ongles qui raclent. On n'avait sans doute pas entendu. Cela avait dû être horrible. Mince. Il devait être trop tard désormais. Mort. Mais à bien y réfléchir, il n'y avait pas eu tant de bruit. On aurait entendu s'il y avait eu des cris. C'était flou. Oui, des cris, on aurait entendu. Mais des gémissements ? Des plaintes, des râles asphyxiés ? Le médecin légiste avait certifié la mort. Oui, mais tout de même. Si jamais. Et je m'en voulais. J'aurais du mieux tendre l'oreille. Et cela m'avait hanté, des nuits et encore des nuits. Bien sûr, je savais. Que c'était fini, que le corps de mon fils n'allait pas revenir, me suivre, me parler. Je le savais, c'était impossible. Mais chaque nuit, je sentais les bêtes grouiller en moi, me démanger, me manger. Je m'étais mise à boire, des litres et des litres. Boire pour noyer toutes ces bêtes. Un raz de marée. Cela irait mieux après. Je ne pouvais pas m'empêcher d'y penser, toutes ces nuits, puis le jour, face à ces aliments qui passaient sur le tapis roulant de ma caisse. Oui, pire que les rêves nocturnes, il y avait les rêveries diurnes. Des pensées incontrôlables qui m'assaillaient, qui contrôlaient mes gestes, qui me dirigeaient complètement. Chaque son qui sortait de ma bouche ressemblait à un râle. Ou un appel. Pire, une suffocation. La terre noire qui ensevelissait. Le noir. Et même pas le silence. Au contraire, un fourmillement incessant, les pas sur le gravier qui résonnaient, les petites pelles qui creusaient, l'eau, la terre qui tombait, les bêtes. Je ne pouvais m'empêcher d'imaginer la décomposition du corps. La peau surtout. Les cheveux encore, on pouvait les imaginer tomber. Les os, on pouvait les imaginer survivre. Mais la peau. Comment cela pouvait-il se passer ? Est-ce qu'elle allait se craqueler, se fissurer comme de l'agile séchée ? Ou bien allait-elle se déchirer comme un chewing-gum sur lequel on tire jusqu'à faire des trous ? C'était inimaginable. C'était inimaginable et pourtant je ne faisais qu'y penser. La nuit, quand mes rêves devenaient trop insupportables, j'essayais de me réveiller. Je me forçais à ouvrir les yeux. Ouvrir les yeux pour chasser le noir des paupières. Je ne supportais plus de manger de la viande. Mordre dans une cuisse de poulet, c'était arracher un morceau de sa viande à lui. Couper une tranche de viande, c'était taillader sa peau, cisailler ses muscles. Et puis, à cette horreur quotidienne, s'ajoutait un manque indescriptible. Pas tant le manque de l'être en soi ; avec le temps, je commençais à m'habituer à ne plus le voir. Non, ce qui me manquait, c'était sa peau et son odeur. C'était son corps, toujours, qui m'obsédait. Le savoir meurtri me donnait encore plus envie de le toucher de nouveau. Lisse et doux. La peau d'un enfant qui n'a encore rien vécu. J'espérais que son âme, que son être soit heureux, ailleurs, différemment. Ou même absent, inexistant. Mais son corps, c'était sûr, existait encore. Aucune chance d'y réchapper pour lui. Condamné à survivre, ou à mourir chaque jour encore. Condamné à rester, même en miettes. Aucune possibilité pour lui de s'envoler. Quoi qu'il arrive, il resterait palpable, susceptible d'être exhumé, examiné. C'était tout ceci que je ne supportais pas. Même les cendres, je ne les aurais pas supportées. J'étais rongée. J'avais cherché d'autres hommes qui n'étaient pas son père mais j'étais devenue incapable d'avoir le moindre contact avec un quelconque épiderme. Je rêvais d'un monde aseptisé, neutre, sans sensation. Ni douceur, ni rugosité, ni odeur. Rien que de l'air. Rien que du néant. Oui, ce que je voulais, c'était du vide. Que l'absence soit enfin totale. Qu'il ne subsiste vraiment plus rien. J'avais fini par ne plus m'attacher à rien. Et contre toute attente, ce détachement m'avait été salutaire. Je n'étais pas tombée folle. Je m'étais installée avec Maman un an plus tard. Elle dont les détours intérieurs étaient les mêmes que les miens. J'avais décidé d'arrêter de penser. Plan insensé que seule l'extrême et insondable peine m'avait permis de mettre à exécution. La complexité de mes émotions, au moment de l'arrachement suprême, avait atteint un tel niveau que tout semblait s'être éteint en moi. Ne plus rien ressentir était une autre façon de mourir. J'étais devenue atone. Et puis, la nature m'avait réveillée. Les bruits légers, fondus dans la vie. Les animaux partout. Ignorant ma peine. Actifs, sans décorum inutile, sans fioriture. Des modèles de présence et mes guides absolus.

Je remplis deux caddies de produits secs et de farine. Je pensais que tout me ferait envie ; le fromage, le chocolat, mais mon corps a dû s'habituer et rien ne me tente. Je me sens étrangère au lieu. J'ai hâte de rentrer. Je pense au ragondin et il me prend l'envie de ronger le sol pour m'y faufiler. Il y a trop de bruits artificiels. Dans l'appartement où nous avons vécu quelque temps, notre vie avait été bercée par les mélodies d'une voisine qui jouait du piano. Souvent le même morceau mais pas toujours. Cela rompait notre silence, n'importe quand, mais de façon toujours délicate. Il n'y avait jamais vraiment de début ni de fin. C'était là et c'était tout. En nous installant en forêt, alors que le silence y est plus lourd que n'importe quel autre endroit au monde où j'ai pu vivre, alors même qu'il n'est jamais total – la nature n'est pas bruyante mais elle est présente en permanence, elle ne s'absente jamais et son bruit est ininterrompu –, j'ai essayé de mettre un peu de musique. Mais les morceaux de piano sont toujours tombés à plat. Ils étaient intrusifs, maîtrisés et trop cadencés pour s'adapter à notre vie. J'ai vite arrêté et la musique n'a plus jamais retenti dans notre cabane, faisant de notre espace de vie une sorte de bande-son unique dont nous faisons partie, Maman et moi, sans superposition extérieure.

La vieille a abandonné sa toile d'hivernage à moitié amarrée. Une partie claque au vent et s'emmêle dans le garde-corps de son balcon. Elle sera bientôt déchirée. Je hisse les sacs dans le coffre et reprends la route.

Je double un type que j'ai croisé à l'aller tout à l'heure. Je me demande si je dois m'arrêter. Le faire monter, lui sourire si je sais encore faire, et rejoindre un hôtel parce que le creux d'un bois serait trop froid. Cela avait été ma solution à tout pendant quelque temps. J'avais eu envie de tous les hommes. Ils me plaisaient tous. Je le regarde encore dans mon rétroviseur. Son jean et ses bottes. Son air que ma vitesse m'empêche de capter vraiment. Il me semble plus jeune que moi. Je détourne mon regard. Je suis devenue inhospitalière.

Quand on vit depuis longtemps, ou complètement, dans un endroit, on en connaît la moindre sonorité. En descendant de la voiture, il me semble évident que certains bruits sont inhabituels. Comme si le vent ne se heurtait plus aux mêmes obstacles. Comme si l'on avait changé la disposition des choses et que l'air, la vie, les sons et tout le reste étaient contraints de circuler différemment. Il fait nuit mais je n'ai pas encore vraiment peur. J'avance dans l'allée, les bras vides. Je décide de passer par la remise, pour récupérer la brouette et décharger le coffre. La nuit distille des bruits que je n'ai encore jamais entendus et dont j'ignore la provenance. La lune est presque pleine. Elle allume sur le sol des milliers de pépites qui scintillent. Mes pieds écrasent les herbes gelées, dans un bruit qui ne connaît aucune comparaison, et me donnent le sentiment d'être plus lourde de quelques dizaines de kilos. Le froid a froissé l'eau. Figée par la glace, la surface de l'étang a les mêmes plis qu'un drap brouillé par la nuit. N'est-ce pas magnifique. Je repense au type au bord de la route. J'ai envie d'être saisie. Enlevée, prise, mordue. Dans mes reins, je sens un élan qui me pousse, comme une bourrasque. Le désir comme un coup de poing entre les omoplates. Des griffures qui, après ces temps enfermés et ces questions qui tournent, me donnent enfin la sensation d'être vivante. L'air extérieur est froid et sec et c'est lui qui mord ma peau. Il est chargé de particules électrisantes qui me piquent le corps. Je frissonne. Il me semble que des poils flottent dans l'air. Ce sont peut-être des animaux qui m'observent en brossant leur pelage. Leurs yeux luisent et me regardent. Et je les regarde sans savoir où ils sont, qui ils sont. Ils m'effraient et me protègent. Je suis bien là. Ici, maintenant. J'espère que l'un d'eux va me choisir. M'enrouler de ses grandes pattes, me retenir dans son corps velu, me réchauffer longtemps, presqu'en me berçant. Presqu'en susurrant à mon oreille des mélodies bestiales, celles que nous autres ne connaissons pas. J'espère sentir son souffle humide, sa langue qui me lécherait, chaude et rugueuse, sur ma peau fatiguée mais pas encore fanée. J'avance de quelques pas, jusqu'à la lisière de la forêt. La prairie est plus grande que dans mes souvenirs. Ces dernières années ont duré des éternités. Je parviens peu à peu à me détendre. Je ferme les yeux pour retrouver un peu de lumière dans tout ce noir. Je pense à ma lecture de la veille : Ici, un phénomène étrange se produisait parmi les pins. Alors que le vent expirait dans un cul-de-sac du canyon et que, dans son sillage, l'air devenait calme et immobile, les arbres continuaient de bouger. Ils frémissaient encore sous l'effet des rafales disparues, le murmure du deuil. Ils étaient tristes. Ils semblaient pleurer le souvenir du vent. Les mots s'enfilent et s'emmêlent dans ma tête et c'est délicieux. La peur me semble couler le long de mes cuisses. Elle ne s'en va pas, elle sort juste. Je ressens le bien-être de la délivrance. Chaude et annonciatrice de nouveaux jours. J'ignore s'il existe un lien de causalité. Si la haine, la violence ou encore la rage attendent les moments creux et libérés pour s'emparer de vous. J'ignore s'il s'agit de cela ou si c'est l'écart émotionnel qui peut donner cette impression. Je pense à cela, au ragondin, aux ours et aux loups, je pense au feu, à la rivière et aux étoiles qui ne me racontent jamais rien, je pense à nos fils qui nous lient, je loue l'hiver qui anesthésie les peines et offre des cieux blancs et lumineux. Je pense aux humains dont je n'ai pas besoin mais qui me manquent. J'y pense pour la première fois depuis longtemps, quand je suis poussée au sol. Un choc sec. Fort. J'ai de la terre dans la bouche et je sens la glace sous moi. Qui est là ? Je sens les coups tomber, dans mon dos et dans ma tête. Qui me frappe ? Je sens toute la violence s'abattre sur moi. Celle de l'hiver, celle de la mort, celle de ceux qui pensent que Dieu existe et qu'Il leur demande de tuer autour d'eux, celle du départ de notre père, celle des silences de Maman. C'est la violence de la ville et de la nature, chacune à leur manière. La violence de tout ce que je n'ai pas compris et qui me taraude. C'est une violence muette. Sourde, aveugle. Elle me fait ployer et j'entends ma chair s'enfoncer en moi, mes os se casser. Il y a les coups, ronds et pleins au contact de mon corps. Qui me frappe ? Qui me terrasse ? Ce sont les souvenirs et les deuils qui reviennent. M'attaquent. Peut-être. La forêt, elle, ne fait plus aucun bruit ; il n'y a que ceux qui tapent sur mon corps et résonnent dans ma boîte crânienne. Je suis enfermée en moi, recroquevillée comme un animal. C'est ma curée. Ma fin. Je ne sais pas si je crie. Est-ce ma voix qui hurle ainsi ? Cette voix blanche qui coupe la nuit au couteau. Est-ce la mienne ? Celle de Maman ? Il y a des coups de feu. Je ne sais pas s'ils vont vers moi, sont pour moi. Je ne sais pas s'ils me transpercent. Si ce sont eux qui déchirent ma chair. Ou est-ce Maman qui défie ce qui m'attaque ? Il y a des coups de feu et j'ai mal. J'ai envie de pleurer mais l'effort serait trop grand. L'effort du laisser-aller a toujours été trop grand. La terre est gelée et elle craque sous des pas, comme mes os. Je sens de la chaleur sous moi. J'entends des battements de cœur. Le silence et le bruit se mêlent étrangement. Ils sont deux sources distinctes qui s'unissent en cet instant. Je traverse une sorte de silence bruyant. Des grognements, des frottements, des bruits mats, certains familiers comme celui de la porte de la cabane, celui des pas, celui du vent. Pas de voix. Même pas celle de Maman. Ce qui parle, ce sont les mouvements, l'air qui est brassé, les souffles mêlés. Ma douleur et ma fatigue s'entrecroisent et j'ignore même si je rêve ou si je suis consciente. Je suis un corps bleu que l'on traîne. Le sable colle à mon sang qui colle mes cheveux qui collent à mes joues, les cailloux et les morceaux de bois se heurtent contre mon dos. Il y a les interminables marches qui mènent à la cabane. Une. Deux. Trois. La porte. Mon corps que je sens si lourd et si frêle à la fois. Les pas qui s'éloignent. Et ce nouveau silence, contenu. J'ignore combien de temps cela dure.

J'ouvre les yeux péniblement. Je regarde ce plafond qui me semble si loin. Je sens ma pensée qui progresse en moi, à la fois rapide et laborieuse. Je me dis : J'ai mal fermé le portail en partant. Mais je me revois tourner la clé et mettre le cadenas. Je me dis : Un animal est venu. Mais je ne vois pas quel animal pourrait s'aventurer jusqu'ici, les ours ne pénétrant jamais la plaine qui sépare la cabane de l'étang et de la forêt. Je me dis : Quelqu'un est entré. Je réalise. Je décide de crier. Maintenant. Il y a quelqu'un. Ignorant moi-même si je veux faire de cette phrase une question ou une affirmation. Maman arrive en courant dans la cabane, comme si elle venait de nulle part et comme si elle n'avait plus mal nulle part. Elle surgit. Elle est incroyablement vive et je suis rassurée. Je me surprends à penser que c'est peut-être ce qu'il nous faut : de nouveaux événements pour nous faire oublier les précédents qui nous ont tellement meurtries, l'une et l'autre, que la vie peine depuis à reprendre son cours. Sur son visage se mélangent des larmes et de la terre me semble-t-il, mais elle ne pleure pas. Elle saute à mes côtés, comme une enfant. Elle dit : Chut, chut. Et là encore, j'ignore si c'est une injonction au silence ou une façon de nous rassurer toutes les deux. Je lui demande : Il est encore là ? Comme si je savais de qui il s'agissait. Elle fait non de la tête et mon cœur commence à ralentir. Je ne sais pas de quoi je parle et j'ignore à quel sujet elle me répond. Nos gestes sont brouillons et je ne retiens que nos voix qui me semblent avoir changé. Nous tremblons et je ne sens plus aucune force en moi. La douleur m'empêche de me relever vraiment. Les lacets des chaussures de Maman sont pleins de boue. Ils laissent des traces sur le plancher, comme de l'encre de Chine. Sur leur passage, ils ont amassé de fines aiguilles de pin qui s'accrochent encore laborieusement.

À l’intérieur de la cabane, tout est ravagé. Les livres forment un tas de pages. Plusieurs ont le dos cassé. Je distingue dans l’embrasure du garde-manger, du verre et du jus des conserves qui jonchent et inondent le sol. Les sacs de farine sont éventrés. Il manque les saucissons et d’autres choses que je ne parviens pas à identifier. Maman me dit que la grange a été visitée elle aussi et qu’il manque pas mal de nos outils, mais pas l’argent qui était caché dans un petit sac dans la sciure. J’ai beaucoup de questions à poser : Quand est-il arrivé ? Lui a-t-il fait du mal ? Le connaissons-nous ? Que cherchait-il ? Pense-t-elle qu’il reviendra ? Maman m’explique tout, m’indiquant ce qu’elle a vu, sans parvenir toutefois à reproduire la scène exactement, comme si repasser dans ses pas, suivre sa progression revenait à devenir lui. À la fin de son récit, je déduis que nous n’avons pas eu de chance. L’intrus ne cherchait rien d’autre que de l’argent et de la nourriture. Sans doute aurait-il aimé aussi, s’assouvir de nous. C’est assez courant par ici, et encore plus l’hiver, quand la nature n’offre plus rien et que la ville est toujours trop loin. Des hommes traînent comme des animaux. Ils griffent les sols et posent leurs pattes sur les femmes qu’ils trouvent. Ils les ravagent avant de les laisser, rouges dans la neige. Nous nous demandons si nous devons prévenir la police. Mais le téléphone est coupé depuis le coup de fil et nous ne voulons pas gâcher l’essence qui nous reste. Nous ne sommes plus deux désormais ; quelque chose rôde à nos côtés. La peur.

Rien n'obéit plus à aucune logique. Notre peur est déraisonnée. Je me répands au sol. Maman me hisse jusque devant le poêle. Je voudrais me recroqueviller, devenir aussi petite qu'un haricot rouge. Maman apporte de l'eau et un linge. Elle entreprend de me déshabiller. Je ne crie pas parce que je ne veux pas qu'elle me soigne. Je crie parce que je ne veux pas exposer mon corps ici, au milieu de notre salon ravagé. Exposée. Maman procède lentement, en alternant ses soins sur mon corps et d'autres gestes. Elle se lève pour fermer une porte, remettre du bois dans le poêle, changer l'eau de sa bassine. Elle me permet ainsi de ne pas être le centre de tout et de me détendre un peu. À l'intérieur de moi, je ne sens que des débris. Des frottements et des cliquetis d'os. De la cendre qui s'écoule dans mes veines. Avec ses mains habituées au papier, Maman soulève délicatement mon corps pour faire l'état des lieux de mes blessures. L'espace entre mes deux paupières forme un interstice brouillé par mes cils, mes larmes, et mes pensées bouleversées. Je me concentre sur les flammes qui dansent dans l'antre du poêle, et sur l'usure d'une des bûches qui se consume. Je ne fais que ça. Je regarde l'écorce qui noircit et les morceaux qui se détachent. Je regarde leur surface réduire sous l'effet de ces langues brûlantes. Je me concentre sur les plus infimes détails, comme si je cherchais à percevoir le plus petit degré de la matière. Je fais ça, jusqu'à ce que mes yeux asséchés me piquent, jusqu'à ce que j'aie si mal à la tête que j'en oublie la masse de douleur qui ankylose mon corps, de ma nuque jusqu'au bas de mon dos. Maman fait des allers-retours. Elle regarde dehors, déplace quelques meubles, devant des portes ou des fenêtres que nous n'ouvrons plus depuis longtemps. Elle monte au grenier récupérer le second fusil. Elle descend les matelas dans le salon, ferme les volets. Repousse des objets cassés le long des murs. Et elle revient, s'agenouille et sans parler, pose son linge humide sur mes plaies. Quand elle a fait le tour de mon corps ramolli par les coups et hérissé par le froid, elle tente de bander mon buste, accrochant délicatement de petites épingles à nourrice grises entre deux morceaux de tissus qu'elle a auparavant laissés chauffer devant les flammes, s'évertuant de trouver le parfait équilibre qui permet à mes poumons d'aller et venir et qui permettra à mes os de se resolidariser. Elle recommence parfois, quand les extrémités de tissus à accrocher l'une à l'autre disposent l'épingle à un endroit qui gênera mon confort. Elle recommence alors, et je sens à ses gestes qu'elle peste contre elle-même de ne savoir comment aller plus vite, comment faire mieux. Elle s'arrête parfois, penche son visage sur le mien et essaie de décrypter son allure. Elle tente de savoir si j'ai mal, comment j'ai mal. Elle n'ose pas me caresser le front ou les joues parce que pour l'instant, ses mains doivent être fortes pour éviter à mon corps de se briser entièrement sous l'effet des mouvements qu'elle lui impose. Je ne sais pas comment elle fait pour agir sans savoir où j'en suis, en ignorant dans quel état réel je me trouve. Elle ignore ce qu'elle doit faire et sa vulnérabilité me rassure. Nous ne feignons ni la force ni la confiance. Nous sommes effrayées et nous acceptons de prendre toute la mesure de cet état. Malgré tout ce qui se passe ici, Maman est droite comme un i, comme ceux qui ont déjà connu ça. Je me dis qu'elle est le i de fierté, de soutien et, je l'espère ce soir en tentant de faire reculer la douleur, d'espoir.

Le temps n'a plus d'heure. Maman prend la parole. J'entends à sa voix dans mon dos qu'elle tente de raisonner la situation et de mesurer ce que ce nouvel événement signifie pour nos vies, et plus largement, pour notre survie. Elle dit comme on récite une leçon : Il nous reste un peu d'argent mais pas de quoi payer des courses ni l'essence pour des allers retours hebdomadaires en ville. Tu as dû ramener de quoi tenir quelques mois si nous ne faisons pas de folies. Pendant ses silences, je sais qu'elle passe en revue dans sa tête les scénarios des temps à venir. Elle établit des plans sans doute. Je n'ai pas la force de la suivre. Je veux que la lumière s'éteigne et en même temps, que le jour, le soleil et la chaleur emplissent la pièce et fassent fuir le danger. Je veux du silence et en même temps, je veux des gens qui parlent, rient, s'échangent des clins d'œil. De la présence pour faire reculer les risques qui rôdent. Je sais que je dois tenir et j'ai envie de lâcher la rampe. De me laisser couler. Rejoindre les flammes à côté de moi. Je suis fatiguée. Maman démonte une à une les pièces du fusil et les nettoie comme elle l'a fait avec mes plaies. J'ignore si elle prépare son arme pour que nous cherchions de quoi nous nourrir, ou comment tirer pour nous défendre. Alors, je la regarde faire, comme lorsque j'étais enfant, jusqu'à ce que le sommeil m'emporte.

Quand je me réveille, Maman fait face au feu. Elle pose sur moi un regard fatigué et me raconte : Nous étions allés voir la mer une fois sur la côte. Le vent poussait l'eau et cela donnait des vagues. Les gens construisent des maisons avec des grandes baies vitrées et puis étrangement, ils mettent des rideaux, je ne comprends pas. Te souviens-tu ? Pendant une semaine, nous n'avions fait que marcher dans le vent et le sable. Le soir, votre père mettait de la musique et nous dansions un peu. Il buvait de l'alcool et moi jamais. Puis, nous redevenions tous mélancoliques, parce que c'était notre état naturel, même vous, les enfants. Je l'écoute et me souviens. Je me souviens comme la mer s'accommodait du tempérament tempétueux de notre père et du caractère insondable de Maman. De mon frère qui restait sombre parce qu'il voulait toujours être ailleurs que là où il était. Je me souviens de moi qui aimais les voir vivre. Nous nous débattions tous avec nous-mêmes ; cela nous soudait parfois, nous éloignait d'autres fois. Tous les quatre, comme des ressemblances dissonantes, il nous arrivait bien souvent de nous faire souffrir. L'amour se perdait, tout écorché qu'il était par nos façons d'être, les mêmes mais jamais aux mêmes moments.

Nous enviions les gens qui arboraient une simplicité pure ; au-delà du fait que cela nous semblait être un état inatteignable pour nous, nous cultivions une forme de suspicion admirative à leur égard. Était-il vraiment possible de vivre simplement ? Dans ce décor marin, l'ensemble de nos repères s'était trouvé bousculé. Nos regards n'étaient en quelque sorte pas habitués à ce que rien ne vienne à leur rencontre. On voyait loin et il semblait ne pas y avoir de dangers. Pas de serpents sous les pierres, pas de trou que l'on ne puisse voir. Maman sourit tristement et fermement. Les drames se sont installés dans nos vies depuis si longtemps ; je sens qu'elle s'interroge : Y a-t-il des vies sans drame ? J'ai bien saisi le sens de sa question mais je la fais répéter pour gagner du temps et aussi pour voir si je trouve un peu d'énergie disponible en moi pour articuler quelques mots. Je sens des courbatures dans le haut de mon dos et aussi, dans les bras et les mains. Mes reins sont restés endoloris. Je tente de trouver pour Maman, une réponse qui ne soit pas trop facile, mais elle enchaîne avant que j'aie eu le temps de rassembler mes idées. Elle fait souvent ça. Cela m'insupporte. Est-ce vraiment à moi qu'elle pose ses questions ? Est-elle vraiment intéressée par mon point de vue ? Attend-elle mes réponses ? Ou ne suis-je qu'une parmi les autres, la marque d'un extérieur, hors d'elle, un mur sur lequel elle lance ses interrogations, n'espérant que faussement qu'il va lui renvoyer la balle. Cela pourrait être moi ou quelqu'un d'autre. Je tente de l'interrompre : Les drames, pas plus que les bonheurs, font la vie. Je voudrais lui dire qu'ils y sont si intimement intriqués qu'ils n'en sont pas des événements. Ils la sont pleinement. D'ailleurs, bonheur et drame sont des mots qui pourraient ne pas exister. Cela éviterait de les considérer comme pouvant ou non arriver dans la vie. Cela nous éviterait d'être surpris. Je voudrais que mes mots la rassurent, coupent court à ses divergences et atermoiements, mais je ne parviens pas à rester éveillée.

J'avais été muée par un immense sentiment d'angoisse. C'était évident. Mais cela avait été, aussi, tellement de bonheur. Par-dessus tout, j'avais aimé qu'il n'y ait rien de spécial à raconter. Quand ces femmes autour de moi aimaient partager leur guerre intime, semblaient fières des complications qu'elles avaient dépassées, j'étais heureuse de n'avoir aucun insigne à arborer. Juste l'insignifiant et miraculeux événement d'une naissance. Mon enfant avait quitté mon ventre. Après neuf mois, le moment était venu. J'avais eu à pousser très fort, j'avais eu à souffler, à peiner. Cela avait été long et douloureux mais je ne m'attendais pas à autre chose. J'ignore d'ailleurs si cela avait véritablement été long et douloureux ou si l'intensité avait le pouvoir de ralentir le temps et d'exacerber les sensations. Paradoxalement, je savais composer avec ce qui n'a absolument aucune alternative. Ce qui ne laisse aucun autre choix possible peut s'avérer très apaisant. Il y a dans la mise au monde quelque chose de tellement radical que je m'en étais parfaitement accommodée. Il n'y avait rien à négocier, aucun second plan à échafauder. C'était à moi d'être présente pour que cet être humain que nous avions créé trouve l'air libre et commence à vivre dans le monde. Cela ne pouvait être que moi, pour celui-là, précisément. Alors j'y étais allée.

Cet enfant vivait déjà depuis plusieurs mois à l'intérieur de mon corps. Pour moi, il était déjà né et il me semblait que le moment venu n'était pas celui d'une naissance mais d'une mise au monde. Déposer dans le monde. Déposer mon enfant dans le monde pour qu'il y vive. L'opération d'une sorte de déménagement lors de ce passage d'un intérieur vers un extérieur. C'était à cela que je pensais, sur le trottoir glissant, mes mains agrippées à ce bras qui m'accompagnait de tout son amour et de toute sa tranquillité. La clinique était très près du logement que nous occupions alors et nous y étions allés à pied. Mes bottes raclaient la neige et je laissais sur le sol des traces sans équivalent, à côté des pas serrés que mon mari faisait pour me suivre au mieux. Je crois que les circonstances n'ont pas toujours tant d'importance. En tout cas, je m'y étais trop raccrochée à une époque. L'heure sur les pendules de la clinique, les nuages dans le ciel blanc, les bruits de la rue qui s'éveille et le sourire de la sage-femme. La blouse, les liquides, entre mes cuisses, dans le bas de mon dos, dans mes veines, sur mon front et au creux de mes mains. Les émotions qui tourbillonnent, s'enchaînent et semblent voler dans l'air, en permanence, s'entrechoquant à chaque porte qui s'ouvre. Tout dans cet espace me paraissait exacerbé, malgré l'enchaînement quotidien des faits et gestes. Ces rituels professionnels venaient percuter la dimension exceptionnelle du moment. Le froid était plus froid, les coins plus vifs, la lumière plus crue. Le temps était autre. Les voix avaient d'autres couleurs. C'était différent. Et en même temps, ces boutons et ces régulations, ces chiffres annotés sur ces feuilles, ces dosages, ces gestes huilés. Des circonstances et des détails que j'avais creusés pendant des nuits et des mois, jusqu'à ce que leurs parois soient d'une finesse à déchirer. J'avais tout repassé. Les mots, les gestes et l'enchaînement des moments. Tout ce qui avait été dit et fait. J'avais cherché dans mes souvenirs de nouveaux moments à revivre. À en perdre le fil.

Il a s'agit de mois très heureux, même si, vraisemblablement, la douleur à venir avait transfiguré ces moments. Face à un événement que l'on refuse tellement, on ne peut que prétendre que le meilleur nous a été enlevé. On ne peut pas fustiger les drames tout en admettant que ce qui nous a été arraché était, somme toute, plutôt moyen, voire désagréable. La réalité était que ces premiers mois à trois avaient été difficiles comme le sont souvent les cohabitations entre des personnes qui vivent depuis plusieurs années déjà et un être qui débute seulement. L'écart est tel qu'il faut faire de très grands pas pour se rapprocher. Nous étions au creux de l'hiver. Après la délivrance de la mise au monde, le froid s'était considérablement accru et les gens vivaient cloîtrés chez eux. Nous avions dû commander un taxi pour faire les quelques centaines de mètres qui séparaient la clinique de notre logement. J'avais trouvé cela absurde car nous avions sans doute mis plus de temps à tout charger et à faire progresser le véhicule sur la chaussée verglacée que si nous avions rejoint notre habitation à pieds. Mais le vent soufflait sans fin et les températures étaient glaciales. Sortir dans ces conditions avec un bébé était impossible.

Nous avions vécu confinés, tous les trois. Tout avait tourné autour de nos nombrils. Il y avait tellement de questions et de choix à faire que j'avais le vertige en permanence. Tout me semblait compliqué, rien n'était vraiment naturel. Je dirigeais mes gestes, je regardais l'heure et les mesures sur la paroi des biberons, je comptais, j'observais et je me perdais dans une relation que j'ignorais comment construire simplement. Je mettais de la méthode là où il fallait avoir de l'instinct, de la distance là où il aurait fallu de l'émotion. Le présent se brouillait dans des projections d'avenir. Si je fais cela aujourd'hui, qu'est-ce que cela donnera demain ? Voilà, en somme, à quoi avaient ressemblé les mois jusqu'à la mort de notre enfant. Je rêvais que nous ayons une longue vie côte à côte, je rêvais de le voir grandir et devenir. J'étais curieuse, avide de savoir comment il évoluerait, ce qu'il deviendrait et nous avec lui. Si je m'étais empêtrée dans nos premiers moments ensemble, ils avaient été beaux de nos atermoiements et je ne pouvais opposer aucun regret à cela. J'étais ainsi faite. Mais j'attendais beaucoup de la suite. Alors, quand cela s'était arrêté, j'avais refait une partie de l'histoire. Admettre que cela n'avait pas été si simple revenait à autoriser que cela prenne fin. À accepter qu'étant donné les circonstances, la perte n'était peut-être pas si grave. Alors, j'avais gommé les difficultés et je n'avais gardé que le plus simple et le plus doux, comme une preuve inutile balancée au visage de je-ne-sais-qui, de la destinée. On ne pouvait décemment pas rompre un tel bonheur. Regardez tout cet amour, regardez le potentiel, je vous en supplie, revenez sur votre décision, je vous en supplie, ramenez la vie. Aujourd'hui encore, je suis incapable de démêler ce que j'ai réécrit pour supplier l'histoire de se tramer différemment. Je dis que les circonstances n'ont pas toujours d'importance parce qu'il n'y a parfois rien de plus à y trouver. Notre enfant était mort. Les examens, autopsie, tentatives d'explications, diagnostics n'avaient jamais apporté aucun réconfort. Ils s'étaient noyés comme des larmes dans la neige. Invisibles et inaudibles propos. Maman, comme personne, n'avait eu aucun mot, ni à me dire, ni à me lire à cette époque, mais je garde ceux qui avaient accompagné notre retour à la maison, dans le taxi, comme un présage indélicat. En tout cas c'est ainsi que j'avais refait l'histoire : Aux endroits où tu étais y a des morceaux de glace, et des arbres en travers pour ne pas que je passe.

Je sens que mes blessures m'envahissent chaque jour un peu plus. Les bandages que Maman me fait et tout son amour, n'y font pas vraiment quelque chose. Je ressens des sortes d'élancements qui irradient dans tout mon corps et me font me cambrer comme une bête agonisante. Lors des pics de douleur, j'ai le sentiment d'accéder à une sorte d'état primitif. Chaque journée me dépouille un peu plus, y compris de mes vêtements ; je supporte de moins en moins les matières sur ma peau. Maman alimente le feu pour me réchauffer tandis que je me recroqueville pour trouver un peu de chaleur en moi-même. Les premiers jours, j'ai lutté contre la douleur avec férocité. Puis, j'ai compris qu'en l'accompagnant, je parvenais à la dompter un peu. Elle n'en est pas moins forte mais je fais corps avec elle. En lui ouvrant le chemin, je sens qu'elle avance puis s'épuise quelque temps avant de repartir. Alors que lorsque je dresse un mur face à elle, elle fonce dedans et s'y éclate si violemment que j'en reste paralysée. Je trouve chaque jour une nouvelle petite stratégie pour m'accommoder de ce nouvel état. Objectivement, ce que je redoute le plus sont ces jours où nous allons mourir de faim. Maman a pris le relais mais elle n'a pas mon énergie. Nos réserves sont la seule chose qui fond à vue d'œil ici. Et le printemps est une perspective si lointaine qu'elle semble à peine atteignable. Nous ne pouvons rien contre le rythme des choses. Nous le suivons comme des petites chiennes apeurées.

Je n'ai plus conscience du temps. Ni celui d'avant, ni celui de chaque jour. Dans mes rêves ou mes délires éveillés, mon fils et mon frère sont indistincts. Leurs visages se mêlent et doublent ma douleur. À certains moments, j'ai l'impression de revivre ces moments où j'ai appris leur mort. Ces moments précis dont je ne peux pas parler. Je serre les dents si fort qu'il me semble entendre craquer les os de ma mâchoire et chacun de ceux de mon corps. Les hématomes se résorbent peu à peu, je crois, j'imagine. J'essaie de raisonner Maman qui s'est mis en tête de me remettre sur pied en me nourrissant abondamment. Elle gaspille ainsi un nombre incalculable de vivres à raison de trois repas par jour. Elle fait des associations de saveurs, m'offre des accompagnements aux accompagnements, concocte des choses minuscules à grignoter pour patienter. Mais attendre quoi ? Nous n'avons plus aucune perspective. Je réprime ma rage ; nous ne pouvons plus nous permettre cela. Chaque aliment doit être pris pour ce qu'il est. Nous devons nous en repaître et nous en satisfaire. J'aime cette idée d'ailleurs, de retrouver l'essence même des choses et des goûts, et m'étonne que Maman ne partage pas cet élan. Je crois que son instinct maternel a repris le dessus depuis l'événement. Elle veut juste me sauver ; elle me donnerait sa chair à manger s'il le fallait. En attendant, elle est cette Mère veilleuse qui prend soin de moi, comme si j'avais cinq ans, au propre détriment de son énergie et de sa santé.

Cela sera toujours ainsi. Toujours ? Toujours. Cela sera toujours ainsi. Je l'avais rencontrée dans un tout petit bureau auquel j'avais accédé par un tout petit ascenseur pour éviter le tout petit escalier que j'avais pris pour descendre après le rendez-vous. J'étais arrivée en avance parce que j'arrive toujours en avance. Parce que j'ai le sentiment d'arriver en retard quand j'arrive à l'heure. J'avais traîné dans les rues en attendant le moment décent pour sonner. Il se passait tellement de choses que j'avais été très rapidement rassasiée, et heureuse de ne pas vivre ici. La rue principale était presqu'entièrement dédiée à des bars, des clubs et des cabarets. Il y avait beaucoup beaucoup d'inscriptions sur les murs ; des injonctions à vivre heureux, à vivre maintenant, à jouir, à consommer, à rêver, à changer, à mincir, et aussi à ne pas uriner et ne pas afficher. Le prix des boissons était exorbitant. Dans les petites rues adjacentes, il y avait des chineurs et des libraires. Contre un mur, il y avait un matelas posé, à côté des poubelles, qui bloquait une fenêtre avec des barreaux. Il tenait debout, en s'affaissant légèrement sans savoir par où céder. Et sur le goudron du trottoir, des traces plus sombres glissaient jusqu'au caniveau, en traçant des sillons puants que le revêtement ne parvenait pas à absorber partout.

Que craignez-vous au juste ? Elle avait croisé sa jambe droite sur sa jambe gauche, et ses mains par-dessus, en penchant un peu son buste en avant, et en accompagnant sa question d'un très léger sourire. Si léger que je n'avais pas été sûre de le voir vraiment. Je lui avais parlé de ma découverte, du diagnostic sur le fonctionnement de mon cerveau et la gestion de mes émotions. Je craignais que ce bilan qui était venu éclairer des années de détours soit à côté. Faux. Pourquoi pas, cela arrivait les erreurs. Je craignais de ne pas savoir quoi faire. Je craignais d'être encore plus perdue de savoir. Je craignais de l'ennuyer à faire la liste de mes craintes. Parce que je craignais aussi de ne pas avoir mon train du retour, je craignais d'avoir faim, je craignais de manquer, je craignais de ne pas trouver, je craignais qu'il arrive quelque chose et autant qu'il n'arrive rien, je craignais de devenir folle, de ne pas comprendre et de trop comprendre, je craignais de perdre, d'abandonner, de trouver, des attentats et de la violence de certains hommes. Je craignais depuis toujours me semblait-il. En tout cas, aussi loin que je m'en souvienne, et avec certitude depuis le moment où j'avais été capable de tenir un crayon pour écrire enfin à quel point j'avais peur. Elle n'avait pas bougé son corps d'un millimètre, pas souri davantage mais ses yeux m'écoutaient et je me sentais en confiance. Elle n'aimerait pas les phrases faciles, elle n'aurait pas de jugement préconçu, elle ne me servirait pas de leçons réchauffées par le patient précédent. Et c'est ce qu'elle a fait. Elle a eu l'air de tout saisir et elle s'est adressée à moi. En parlant à la fois distinctement et rapidement, de telle sorte que ses mots m'ont tous pénétrée, un à un, comme des gouttes d'eau lâchées du ciel, qui trouvent chacun des pores de votre peau et ne s'arrêtent qu'à vos os. Vous n'êtes pas folle. Vous n'êtes pas malade. Vous venez de découvrir que dans votre cerveau, les informations, les idées et les émotions ne s'enfilent pas comme des perles sur un fil, mais tissent une toile. Ou se ramifient comme pousserait un arbre. C'est une information factuelle que vous pouvez accueillir comme telle. À l'heure où nous nous parlons, notre sémantique de psychologue n'a toujours pas trouvé de mots justes pour définir ce fonctionnement. Les approximations dans ce domaine ont laissé s'installer l'idée que ces modalités d'intelligence pouvaient être supérieures à certaines autres. Alors qu'en réalité, elles sont simplement différentes. Connecter les éléments entre eux vous rend excessivement lucide et vous permet d'anticiper. Votre acuité vous expose, vous rend perméable, sensible et alerte. C'est une forme de vulnérabilité mais aussi une incroyable force. En vous écoutant et en vous respectant, vous trouverez comment composer avec vous-même. Vous trouverez les bons environnements pour vous. Et vous serez heureuse.

Ma singularité, comme tout un chacun, était ce qui m'avait construite autant que ce qui m'avait rendue bancale. J'avais appris à marcher avec. L'abandonner, même au profit de quelque chose de meilleur était un chemin difficile. C'était abandonner une part de mon identité, alors même qu'il me semblait en être à la recherche. Comment alors, laisser glisser ce manteau ? Comment muer ? Elle n'avait rien imposé, elle ne m'avait rien vendu. Pas même un : N'ayez crainte. Elle m'avait demandé si j'avais des frères et sœurs, des enfants. Elle avait dit : Parce que l'on retrouve souvent les mêmes profils dans une fratrie. Comment cela pouvait-il être sensé ? Si le sang portait avec lui des miscellanées psychologiques, fragments unifiés par la famille, alors nous étions tous, communauté d'humains, plus ou moins du même profil. Si cela se transmettait ainsi, parce que nous sommes tous frères, alors nous étions des copies approximatives les uns des autres. Je ne comprenais pas. Oui, j'ai un frère. Parlez-en avec lui. Je lui en parlerai, oui. Je ne lui en avais pas parlé. Parce qu'il y avait quelque chose d'indicible. Non que l'explication à mettre sur pied se heurte à une montagne trop imposante, insurmontable de supériorité. Nullement. Mais cela m'avait semblé trop complexe. Il y avait des fils dans tous les sens, et certains étaient tellement fins que je misais peu sur leur résistance face à une mise en mots. Des lettres assemblées, des mots collés les uns aux autres, les mystères de ce vide entre émission et réception, endroit où tout peut bien ou mal se passer. Cela ne pouvait rien donner de bon, ou de clair. Je n'avais jamais réussi, auprès de personne, à faire part de ce que les psychologues appelaient communément, un diagnostic. Je n'avais jamais réussi à me dépêtrer de ces informations que j'étais volontairement allée chercher et que j'avais ensuite tenues à distance. C'était une sorte de secret. Il expliquait beaucoup de choses, il m'avait permis de comprendre nombre de mes inflexions. Nonobstant, il ne m'avait pas rendue plus apte. Pas plus savante. Pas plus heureuse. Il m'avait perdue un peu plus en même temps qu'il venait justifier mes angoisses d'enfant, mes craintes d'adolescente et mes ratures d'adulte. J'avais compris comment mon cerveau traitait les informations et en quoi ce fonctionnement générait de la profusion et de l'insécurité en moi. En distillant ce mécanisme dans la masse de mes héritages et en le tricotant avec mon histoire personnelle, j'avais pu analyser mes tendances et mes choix. Cela m'avait éloignée de la folie, vraisemblablement. Permis de progresser sur la ligne de crête en craignant un peu moins de chuter, peut-être.

Je l'avais payée, après avoir posé toutes mes questions et écouté tous ses avis. Avant que je ne parte, elle m'avait glissé un livre dans la main : Comment décrire l'intelligence ? L'Homme, pourvoyeur de progrès en tous genres, détruit chaque jour sa planète, avec ses créations et ses évolutions. Dans une course contre la montre, contre les autres, contre le savoir, il imagine, crée, invente, sans limite. Mais où est son intelligence si elle le mène à sa perte ? Quelle est la véritable intelligence ? Celle qui consiste à faire toujours plus ou celle qui permet de faire mieux ? L'homme saura-t-il être assez intelligent pour, désormais, savoir adapter son progrès ? Acceptera-t-il de ralentir ? De faire moins ou différemment ? Saura-t-il s'arrêter pour mieux progresser et durer ? Je l'avais remerciée, vivement, presque trop avais-je pensé ensuite. Et le chemin jusqu'au train avait été, je crois, léger. J'avais ressenti, écouté et perçu sans être ensevelie. Cela avait été un premier pas. Plus qu'une compréhension parfaite, cérébrale et méthodique, une formidable intuition m'avait envahie. Elle ordonnait soudainement ma vie depuis mon enfance jusqu'à aujourd'hui. C'était dur. C'était émouvant. Éprouvant. Mais il m'avait semblé tenir, ce jour-là, à cet instant, un fil qui pourrait, si je m'y prenais bien, me libérer durablement. Il y avait une porte. Et j'avais des clés. Je le savais, le chemin serait encore long. Il y aurait mes réflexes et mes crispations naturelles. Je savais mes boîtes noires. Mais je savais aussi, j'allais le découvrir, mes ressources et mes ressorts. C'était le prix d'un abandon salvateur. J'étais en droit d'espérer que le reste de ma vie soit un beau chemin.

À certains moments, comme ce jour, les gestes de Maman sur moi sont d'un réconfort incroyable. Nous ne sommes pas des démonstratives ; si nous nous disons beaucoup par les mots des autres et par nos silences, il est rare que nous parvenions, l'une comme l'autre, à exprimer nos sentiments. Encore moins à accompagner nos émotions de gestes de tendresse. Quelque chose nous ligote. Maman dit que mon corps est moins bleu. J'ai été frappée, par une branche, un morceau de bois, une batte de baseball peut-être. J'ai été frappée par quelqu'un, suffisamment violemment pour me clouer au sol et pour qu'il faille que Maman tire des coups de fusil pour stopper l'acharnement. Nous redoutons encore un saignement interne, que quelque chose sous la peau menace de lâcher. Mais nous ne pouvons pas voir à travers moi. Mais nous avons l'habitude de redouter. Les pilleurs et la vie en général. Alors que l'eau chaude détend un peu mes muscles, la violence des coups me revient, sous forme de spasmes ou d'acouphènes. De fièvre délirante. Je ressens la terre dure sous moi, et si froide. Cette impression d'être collée à elle, de la retrouver comme une mère originelle, de m'y enfoncer à chaque choc. Un heurt et je me rapproche de vous, sous terre, qui nous avez laissées ici. Un heurt encore. Un autre. Un autre. J'arrive. Je me rapproche. Des coups pour me tuer, qui finalement me délivrent. Secs, sans crainte, affirmatifs. Enfin quelque chose à la mesure de ces peines que j'ai subies plus que vécues. Enfin quelque chose de suffisamment fort. Ces coups qui disent : Tu ne te relèveras pas. Voilà ! Voilà une intensité à la hauteur ! Arrachez-moi le cœur ! Allez-y sans retenue ! Voilà enfin ! Laissez-moi là, sang, salive, larmes et urine mêlés. Vos coups qui pleuvent, vos coups qui s'abattent, vos coups qui s'enfoncent en moi. Ils vont chercher ce pire que j'ai eu à vivre. Ils légitiment, enfin, ce corps brisé que je traîne depuis tout ce temps. Laissez-moi cassée, en morceaux. Permettez-moi d'incarner l'extrême douleur de mon être. Congruence. Permettez à mon corps de devenir le reflet, juste et fidèle, le reflet, fiable et honnête, le reflet de mon supplice. J'ai immensément souffert et vos coups me libèrent. Ces hématomes dans mon dos et sur ma poitrine, parachèvent le tableau. Ils donnent à voir au monde. Ces taches sur ma peau blanche comme le sang et la boue sur la terre diaphane. Des traces que l'on suit pour retrouver l'origine et pour comprendre. Des indices que l'on peut voir du ciel. Des marqueurs d'un moment. En disparaissant peu à peu, je le sens, ces ecchymoses me lavent. Elles ne laisseront des cicatrices que dans ma mémoire, et je serai, je le sens, peut-être, presque libérée.

J'ai depuis toujours une affection particulière pour l'absurde. Il exerce sur moi une fascination et je me demande s'il ne s'agit pas finalement d'un signe de bonne santé mentale. Les choses ne sont-elles pas naturellement insensées ? En tout cas, j'observe ici à quel point elles nous échappent, à quel point un sens pour l'un est un non-sens pour l'autre. Avant que le gel ne s'empare de nos eaux douces, il m'est arrivé d'observer longuement les mouvements des animaux et des végétaux, sans jamais rien comprendre de leurs enchaînements.

Au-delà de l'absurde, il me semble que la folie ne relève en rien de la déficience. Au contraire, j'y ai toujours perçu une forme d'extrême lucidité. Une excessive conscience des choses. J'ai longtemps tenté de me convaincre : je ne suis pas folle. Je frôlais la ligne de crête bien souvent, dans les moments de crise, quand l'anxiété me donnait le sentiment de percevoir le monde d'une façon à la fois très brouillée et très nette, de saisir les événements dans une temporalité qui mixait le passé, le présent et le futur. Il m'arrivait de perdre le fil, quand les interconnexions empêchaient de se dégager un chemin clair et droit, mais je ne perdais jamais vraiment pied. Je glissais au bord de l'abîme. Mes échappées ne m'échappaient jamais vraiment. Et j'affectionnais ceux qui, parfois, lâchaient tout. Se laissaient aller à voir avec leurs yeux autre chose que tous les autres. Comme s'il existait un second monde, en profondeur, derrière celui que la masse partageait. Et que ces fous clairvoyants parvenaient à voir.

En revanche, je dois concéder que je compose plutôt mal avec l'idiotie crasse des vieux bornés qui peuplent nos terres d'ici, englués dans leur vase misogyne et xénophobe. Beaucoup de gens ici sont des – phobes d'ailleurs. La peur de l'Autre, au-delà des humains même, les mène à jouer avec leur fusil bien plus que de raison. Ils dégainent si rapidement – poing, arme, tronçonneuse, vulgarité… – que je m'interroge sur le fait que, de toute vraisemblance, un seul circuit neuronal soit opérationnel dans leur cerveau aux synapses gercées. Danger égal violence. Dans le spectre des solutions, le dialogue et l'ouverture ne forment aucune alternative envisageable. Cela serait dommage d'apprendre quelque chose. Ainsi, un arbre menace de tomber, ils le découpent en rondelles. Un animal passe devant eux, s'il ne s'agit pas d'un chien à collier, ils l'abattent. Les chats en font régulièrement les frais. Quant aux humains, c'est sans doute l'espèce qui a le plus à craindre. Être une femme, être citadin, être né au-delà d'un rayon de 80 kilomètres, ne pas avoir de fusil, ne pas hurler avec la meute, ne pas parler, trop parler, ne pas avoir d'enfants, avoir trop d'enfants, être célibataire, avoir des conquêtes, ne pas manger beaucoup, manger trop, ne pas boire, boire trop, aimer les femmes, aimer les hommes. Les tares sont nombreuses ici. Et ils rigolent tous au bar, du sel de cacahuète dispersé dans leur moustache brouillonne. Ils se tapent sur l'épaule, tremblant de devenir, demain, celui qu'il conviendra d'abattre. Ils se gaussent des travers dont ils seront eux-mêmes dotés une fois leur chaise laissée vide. En attendant leur tour, ils surenchérissent. Accablent le voisin dont la discordance avec la fausse bienséance locale fait reculer leur propre curée. Puis, ils s'en vont travailler. Parce qu'on ne peut pas leur enlever ça. La plupart sont courageux. Travail et virilité forment ici une paire triomphante. Au nombre d'heures passées au labeur, on mesure la valeur d'un homme. Dans certains foyers, battre femme et enfants représente même un bonus. Il n'est pas question d'intelligence ici mais d'un bon sens perdu, ou jamais remis en question. Les vérités ancestrales n'ont pas toutes été nettoyées. Certains sont passés à côté des évolutions, non par choix ou par conviction mais par faiblesse facile, par repli autoritaire. L'extérieur représente un danger mais il est le théâtre de la vie. Je suis la première à m'en être extraite pour intégrer un environnement où je pourrais tenir encore debout, et je ne suis pas la plus douée pour les relations sociales, mais je sais que l'altérité est un territoire salutaire. Des Autres pour s'éloigner de soi. Pour ignorer. Pour relativiser. Pour remettre à sa place ce trop-en-soi envahissant. Les Autres. Leur présence, leur parole, la place qu'ils prennent en vivant et qui aide à se rapprocher.

Alors que je la vois s'agacer à rentrer du bois pour la nuit, je réalise que Maman n'a jamais eu un rapport facile à l'effort. Elle a toujours considéré que ce qui en nécessitait pour vivre et durer n'était pas fait pour vivre et durer. Pour elle, tout doit être naturel et évident. Cela rend son processus de décision très complexe. Maman peut longtemps réfléchir aux choses. Elle les observe sans relâche, voit comment elles réagissent les unes aux autres. Elle étudie les effets d'enchaînements, les causes et les conséquences, à tel point qu'aucune bonne décision ne peut émerger. Car la vérité est qu'il n'existe jamais vraiment de bonne décision. Maman confond ainsi la ténacité parfois extrême que l'on peut avoir pour obtenir quelque chose ou le maintenir en vie, et le soin que l'on peut naturellement accorder aux choses et aux personnes. Ainsi, elle a peine à arroser les plantes, fleurs et légumes du jardin. Imaginant que s'ils ont à vivre, ils sauront le faire naturellement. Nos ronces communes la fascinent pour cela ; elles envahissent une grande partie de la parcelle du bas, à l'orée de la forêt sans que nous n'ayons rien fait pour cela, ni pour les maîtriser, ni pour les exterminer. Chaque année, elles donnent des fruits noirs, sans demander la moindre attention et quelle que soit la météorologie environnante. Maman elle-même n'a toujours compté que sur les facilités innées de son cerveau, qu'elle a alimentées par ses lectures mais pas plus. Elle est peu allée à l'école, s'est toujours montrée incapable d'apprendre un métier ou de suivre la moindre formation jusqu'au bout. Ce qu'elle fait, elle le fait souvent brillamment, mais aussi facilement. Ses luttes ont toujours été des luttes pour résister, mais rarement pour obtenir. Elle est toujours partie du principe que le savoir se trouve dans les livres, selon les besoins, et que l'essentiel à apprendre est le raisonnement. Elle dit : Il faut interroger les choses. Petite, je détestais l'entendre me répondre : Interroge-toi. Ses questions ont fait grandir chez moi une forme de doute permanent et constructif. Avant d'être sûr, s'interroger. Et finalement, ne jamais être sûr. Là est précisément toute la complexité de Maman, qui nécessite que l'on s'attarde sur elle avec beaucoup d'attention. Car si elle n'est pas capable d'effort et ne jure que par l'évidence, elle refuse pour autant la facilité. Elle supporte mal la dimension laborieuse d'une entreprise mais refuse systématiquement les lignes droites trop simples et trop convenues. Maman pense que les réponses s'imposent mais elle les cherche ardemment. Tout le temps. Cela la rend sinueuse, tortueuse parfois, mais si l'on fait l'effort de suivre la trajectoire de sa pensée. Alors le monde apparaît plus riche. Et elle, une artillerie complexe et puissante, autant qu'un fagot ballotté par les mouvements du monde.

Ici, elle avec moi et moi avec elle, alors que l'hiver fouette notre cabane comme une corde, Maman doit finalement apprendre à se forcer, à faire ce qu'elle ne sait pas faire, à apprendre à le faire. Notre survie dépend désormais de sa capacité à aller chercher ce qui ne vient pas naturellement à nous ; du bois pour le chauffage, de l'eau, de la nourriture. Comme la plus grande partie de ses apprentissages passe par la théorie, elle ressort depuis plusieurs semaines des vieux livres sur la chasse, le piégeage, la culture. L'hiver ne présente pas beaucoup d'opportunités, à part celle d'avoir le temps de potasser les sujets avant les beaux jours. Elle répète ainsi les gestes d'autrefois comme on récite une leçon de grammaire. Les étapes pour dépecer un animal, conserver sa viande, faire sécher sa peau. Elle fait des croquis pour mémoriser les étapes de la mise en conserve des cultures. Compile dans un carnet les noms et dessins des plantes comestibles de notre région. Je la regarde étudier ces choses qu'elle faisait auparavant avec tant de naturel. Même aujourd'hui, Maman ne vit pas notre survie. Elle la planifie. Je suis attendrie par cette assiduité qu'elle met en mouvement, c'est sûr, uniquement pour me maintenir en vie. Frustrée de ne pouvoir m'aider davantage à ne pas dépérir, elle et son corps raidi par le froid et les peines répétées. Elle continue de dire : Il y a tout dans les livres. Moi, j'ai envie de lui crier d'aller voir dehors. Que c'est là que tout est. Mais Maman part du principe que les livres ont été écrits à partir du dehors. Elle me répond : Il n'y a pas de différence entre dehors et les livres. À part que les livres ont déjà ordonnancé ce que nous avons à savoir. Je gagne du temps, ma chérie, je gagne du temps. C'est sans doute vrai mais comme j'aimerais la voir se laisser aller, lâcher ses apprentissages par les mots pour un empirisme libéré. Comme j'aimerais. Mais ce soir comme les autres, Maman s'attable, rapproche la bougie et ignore le monde dehors pour se concentrer sur ses représentations imprimées. Je m'endors en écoutant le bruit du vent, du feu et des pages qui se tournent. En me demandant quand je serai de nouveau sur pieds. Combien de temps Maman va tenir à ce rythme. Si nous survivrons à ce qui rôde et à cet hiver qui ne fait que commencer.

Aujourd'hui, il doit y avoir du soleil. À travers les rideaux et meubles qui bouchent nos fenêtres, je distingue une lumière blanche qui essaie de pénétrer. Je propose à Maman de dégager ce qui nous empêche de voir dehors et elle traîne ses pieds jusqu'à chaque ouverture, pour pousser les obstacles qu'elle avait installés ou tirer les rideaux. Le soleil entre et j'aimerais pouvoir compter toutes ces particules de poussière qui s'agitent dans les rais de lumière. Dos à la fenêtre de gauche à côté de la porte, Maman croise les bras. Dans l'éclat du jour, elle n'est qu'une forme sombre, floutée sur ses contours. Je lui dis : Comment te sens-tu, et elle n'attend pas une seconde pour lâcher son récit.

Quand tu es partie, je suis restée assise sans bouger jusqu'à ce que je n'entende plus le bruit de ton moteur. Cela a duré plusieurs minutes car dans ce silence, on peut entendre longtemps le moindre bruit, malgré la neige qui cotonne tout. Au bout d'un certain moment, je n'ai plus su si ce que j'entendais était le son de ta voiture ou celui du sang dans mes veines. J'avais pensé lire, ou écrire. Peut-être même nous préparer quelque chose à manger, pour ton retour. Laisser la journée s'écouler en sachant que rien ne se passerait et que je pouvais la laisser filer. C'est ce que j'ai fait. Rien. Rien d'autre que rester là. Je suis sortie quelques minutes à plusieurs moments de la journée mais je n'ai rien fait d'autre que d'écouter, observer et tenter de réguler le rythme de ma respiration. Vivre toutes les deux ici, c'est un peu comme vivre seule. Ton absence me donne à chaque fois le sentiment d'être la dernière femme sur terre, et j'ignore si je dois me délecter de cette idée, ou la redouter. À l'époque où nous nous demandions si nous devions rester ici tous les quatre ou partir vivre en ville quelque temps, ton père finissait toujours pas lancer cette phrase : Il n'y a rien ici, à part de la neige et ce foutu silence. C'était un argument pour lui ; un argument pour partir. Cela semait toujours le doute en moi. J'aime cette neige et ce foutu silence. Et l'hiver n'est pas si long que cela. Avant et après lui, il y a tant de vert et de bleu, d'oiseaux, et même de fleurs. La chaleur sous les arbres peut être suffocante. Sous les pierres, ondulent des serpents. Il y a des moustiques qui vrombissent autour de nous. Et toutes sortes de créatures, le jour comme la nuit, qui nous surpassent en nombre et en agilité. Le matin tôt et le soir tard, nous pouvons nous installer derrière la cabane, sous le chêne, pour boire une tasse de café, préparer notre journée ou la refaire. Les jours sont si longs qu'ils sont chacun comme une vie et j'arrive pour ma part à leur terme, quand le soleil se couche, aussi harassée qu'une très vieille femme. Il me semblait donc qu'ici, c'était l'été que nous pouvions souhaiter fuir, si chargé de prédateurs qu'il était.

Quand tu n'es pas là, le silence est mon compagnon. Je le respecte, je fais attention à lui. J'essaie de ne pas le brusquer par mes activités et j'aime qu'il m'enveloppe tout entière. Je marchais doucement donc, en me disant à moi-même, l'air content, que mes pas serrés me faisaient l'effet d'être une Japonaise. Je me souviens avoir haussé rapidement les épaules en pensant à cela. J'étais admirative de voir où nos pensées peuvent nous emmener et je saluais intérieurement leur puissant effet d'entraînement, quand j'ai entendu du bruit. Il faisait déjà nuit et j'étais incapable de dire d'où il venait, ce qui pouvait bien le produire et ce qu'il signifiait, mais ce bruit portait une certitude en lui. Avec assurance, il venait dire que je n'étais plus seule. J'ai été pétrifiée quelques secondes. Suspendue ici, là, au milieu de notre cabane. Mes orteils cramponnés au sol de notre salon. Les bras écartés montrant chacun une direction comme une option. J'étais tentée. Je voulais savoir, je voulais protéger ce qui nous appartient, je me sentais prête à défendre nos terres, j'étais forte, solide, coriace, dopée par ma curiosité et par une férocité nouvelle. Et puis, j'étais fragile, apeurée, une poupée de sel devant une vague, je voulais fuir, me dérober, me dissoudre. Je m'en voulais de posséder des choses à défendre, je me réjouissais que tu ne sois pas là, je crevais de cette trouille qui triture les boyaux. Tu connais cette trouille. Il a fallu une seconde salve de bruits pour que je bouge. Je suis allée me cacher. Et j'ai honte d'être allée me cacher. J'ai si honte. Je suis allée dans la réserve et je me suis glissée au fond de la plus basse des étagères. Je me suis collée contre le mur, me faisant plus petite que jamais. J'ai ramené des broutilles devant moi, des choses qui traînaient et qui ne pouvaient tenter personne. J'ai rentré ma tête dans mes bras et j'ai attendu en écoutant tous les bruits. J'ai entendu les pas lourds, les mouvements qui balayaient tout. J'ai senti la sueur humidifier mes vêtements et me refroidir. J'ai senti mes tremblements. Je ne l'ai pas vu. Un homme sûrement. Je n'ai rien vu parce que j'étais cachée, et parce que je serrais si fort mes paupières l'une sur l'autre que je voyais des étoiles au fond. Il a grogné un peu, parfois. Après avoir fouillé la grange, il est venu dans la cabane. Il m'a cherchée. Il savait que j'étais là. Parce qu'il y avait la bougie, parce qu'il nous avait observées sans doute. Il a tout retourné, comme un ours. Puis il est venu dans la réserve et c'est là qu'il a passé le plus de temps je crois. Il a mangé, à quelques centimètres de moi, puis il a commencé à faire des allers-retours avec l'extérieur, laissant par la porte ouverte sortir la chaleur de notre feu et entrer le froid du dehors. Il allait et venait. Je n'ai vu aucune trace de pneus dans la neige ensuite, je pense qu'il était venu à pied, qu'il avait laissé son véhicule quelque part. Il devait avoir un sac ou quelque chose de grand dans lequel il a dû entasser nos outils et les vivres qu'il a eu le temps de prendre avant d'entendre ta voiture. Dans la neige sans doute, nous trouverions ses traces. La traînée de la couverture peut-être, dans laquelle il aurait entassé nos choses. À moins qu'il ait été aidé d'autres bras et d'autres jambes qui se seraient sauvés avec lui. Ma chérie, je me suis cachée et j'ai eu peur. Quand tu es arrivée, quand le bruit de ta voiture s'est ajouté à celui de ses pas, il s'est arrêté de bouger et moi de respirer. Je voulais déplier mon corps et te sauver, parce que je savais ce qu'il te ferait. La même chose que tout ce qu'il venait de faire. Il te balaierait d'un revers de la main, te secouerait pour voir ce que tu détiens. Il te jetterait sur son épaule puis au sol, il entrerait et sortirait en toi comme il l'avait fait avec notre cabane. Et te laisserait ravagée. Pillée et vidée.

Avant tes cris, il y a eu du silence. C'est en lui que j'ai puisé ma force. Ton moteur qui s'arrête. Ta portière qui claque. Ses pas à lui qui frôlent notre sol. Il se rapproche de la porte. Le silence. Toi qui es je ne sais où, lui qui t'observe et moi qui attends, mes os serrés les uns contre les autres, qui se chevauchent, dans ma cachette. Le silence. Je savais que je ne ferai pas le poids bien sûr. Ni venin, ni poison. Je n'avais que mes vieux bras frêles et ma férocité de mère. Je suis montée chercher un fusil au grenier. J'ai fait n'importe quoi. Cherché des cartouches. Trouvé des cartouches. Plein de bruits qui couvraient ceux des coups sur toi. Sur toi, ma chérie ! Sans savoir où il en était, ce qu'il t'avait déjà fait et ce qu'il comptait te faire, je suis sortie comme une furie. Sans discernement, sans précaution, sans plan. Risquant de me faire prendre peut-être moi aussi. Ignorant tout et ne laissant que ma rage parler, je suis sortie. La nuit était blanche et il n'y avait plus de décor. Je n'étais qu'un élan, un corps qui se précipite en avant. Il y avait dans l'air l'électricité qui fait les moments spéciaux. Je n'ai rien visé parce que j'en suis incapable, et parce que je tremblais. J'ai tiré en l'air, deux coups. C'est là que j'ai perçu son mouvement au loin. Sa face éclairée par la lune et sa main haute, suspendue, et bientôt lourde sur ton dos. J'ai marché vers lui, visant cette fois-ci, avec mes yeux pleins de larmes, sa masse sombre. Je voulais tellement le tuer. Je ne voulais que cela. Ficher une balle dans son corps. Qu'elle éclate dans sa chair. Qu'il agonise sous mon regard calme. Voilà ce que j'espérais ma chérie. L'anéantir et le regarder crever. Peut-être même après, le laisser gésir au centre de notre plaine immaculée. Que les charognes s'en emparent, le dévorent. Prométhée voué à une souffrance infinie. Je marchais avec cette idée en tête et notre fusil pointé sur lui. Il n'y avait plus de froid, plus de nuit, plus que toi. Il a fui avant même que j'aie le temps de recharger ce satané fusil. Je ne suis pas devenue cette meurtrière que j'avais besoin d'être. Et depuis ma chérie, je ne pense qu'à cela. À chaque fois que tu grimaces en te tournant, à chaque fois que ton sourire me rappelle celui de ton fils, à chacun de mes pas semblable à ceux que mon fils a faits sur cette terre, j'ai envie de tuer. De trouver un être à abattre. La nuit, je rêve qu'il revient chercher cette balle faite pour son cœur. Et je ne me départis pas de cette colère que cet hiver a transformée en soif de vengeance. Je me sens cruelle.

Je ne connais ni absolution ni indulgence. Et je sais qu'ils gagnent tous ainsi, en me rongeant de haine. Mais je n'y arrive pas. Croire encore en la bonté de l'humain, avoir et faire confiance. Je me consume ma chérie, je me consume de tout cela. Mes deuils sont des plans échafaudés en catimini. Chaque jour, je les nourris à mon sein de rancœur. Mon corps n'est qu'un trou creusé par ces injustices plus encore que par les absences. Même la neige qui tombe sans discontinuer ne vient pas combler tout cela. Je ne sais plus comment trouver la paix.

Survivre dans la nature n'est pas chose aisée. C'est possible si on le fait avec philosophie, dans une forme d'abandon et de lenteur. C'est faire alliance avec ce qui nous entoure, se considérer comme un élément du Tout, ni plus, ni moins. C'est offrir, féconder, prélever. C'est être humble. C'est une expérience qui vous remet à votre place et qui – c'est sans doute la plus grande leçon que j'en tire aujourd'hui – révèle avec éclat la vacuité absolue de nos vies contemporaines. Le non-sens de nos surenchères. Survivre dans la nature n'est pas chose aisée, et je crois que c'est précisément l'expérience que Maman et moi cherchons à vivre depuis le coup de fil et encore plus depuis l'événement. À l'origine, nous nous sommes installées ici parce que cela nous semblait être le meilleur endroit pour nous. Mais après le coup de fil, tout a été différent. Le chagrin de Maman a ravivé et attisé le mien. Même si nous ne comparons pas, même si n'en parlons pas, nous sommes suprêmement liées par cette déchirure en nous. Nos chairs à vif se comprennent. Je crois qu'il y a quelque chose que notre sémantique dit mal : depuis le coup de fil, Maman et moi ne survivons pas, nous sous-vivons. Nous vivons à moitié, nous vivons sans, nous vivons peu, moins. Survivre dans la nature nécessite d'être extrêmement attentif ; pour nous deux, c'est une vie qui permet, non pas de survivre, mais de parvenir à vivre au-delà de la mort de nos enfants. L'événement, cette intrusion violente, est venu ébranler l'équilibre que nous avions réussi à installer. Nous vivions en étant sûres de ce qui nous était arrivé. Désormais, nous doutons de tout ce qui peut encore arriver. De qui peut encore pénétrer chez nous et nous faire du mal. De notre capacité à vivre seules ici, à nous alimenter suffisamment. Je pense que nous ne sommes pas inquiètes pour notre existence ou la survenance de notre mort mais sur la façon dont toutes deux vont se dérouler.

Ce jour-là, il était passé à chaque heure, de l'ouverture jusqu'à la fermeture du magasin. Douze fois. Une course par une, et à ma caisse toujours. Un rasoir avec la tête qui s'incline dans trois positions pour épouser la forme du visage, et une lame offerte en plus des deux du paquet. 400 grammes de bœuf mal emballés et qui laissaient suinter du sang décoloré le long du papier blanc et maculait l'étiquette du prix. Un tube de sauce tomate qui ne serait périmé que dans deux ans, malgré la présence majoritaire de légumes frais dans la recette. Un poivron rouge vendu à l'unité. Un paquet de riz en vrac qui me donnait envie de compter chacun des grains pour être sûr que le compte soit pair. Un paquet de céréales au chocolat avec des vrais morceaux qui glisseraient au fond du sachet. Un paquet de chips avec moins de sel que d'autres. Une bouteille de vin dont le nom ne m'avait rien évoqué. Du parfum, rangé dans une petite boite cartonnée grise et noire, qui promettait de tenir 24 heures. Du lait concentré qui m'avait fait saliver. Une paire de chaussettes en coton, noires. Une bougie moche, orange, qui le décevrait sans doute en ne dispersant aucune odeur agréable, mais qui peut-être, réchaufferait sa table basse ou de chevet. Sur le dernier article, il avait remplacé le code-barres par d'autres chiffres, en scotchant mal un bout de papier blanc. Vraisemblablement : une date et un horaire suivi d'un point interrogation, puis un numéro de téléphone. Il m'avait fallu son sourire insistant et sa présence stoïque malgré la file d'attente derrière lui pour comprendre que cette invitation alambiquée attendait sinon une réponse, au moins un signe. J'avais souri à mon tour et il était sorti en me laissant son bouquet-de-fleurs-carte-de-visite contre lequel venaient buter les articles que je passais par automatisme devant le scanner. Main droite. Bip. Main gauche.

Ma collègue avait passé les jours suivants à échafauder des plans pour moi, nourrissant sa pauvre vie des fantasmes que cette invitation suscitait en elle. J'avais fini par me prendre au jeu et par désirer cet homme dont j'ignorais de nombreuses choses à part la couleur de sa carte bancaire, ses billets froissés, l'allure de ses mains et sa liste de courses. À la date, j'avais composé le numéro sur le téléphone de la réserve, après que le magasin a été fermé. Je l'avais composé en plusieurs fois, cherchant du courage entre chaque chiffre. Après la numérotation complète, il n'avait fallu que quelques sonneries pour que la voix dise : Bonsoir. Je m'étais présentée, il avait fait de même et j'avais trouvé cela agréable. Il m'avait proposé de m'inviter à dîner, le soir-même. Dans sa voiture, il avait rapidement posé sa main sur ma cuisse alors que je découvrais le poids assourdissant d'un silence motorisé. Je me souviens ne pas avoir détourné mon visage de la vitre, laissant son audace emplir le véhicule. Mais avoir trouvé délicat ensuite sa façon d'utiliser sa main gauche pour passer les vitesses sans être contraint de retirer sa main droite de mon corps. Comme si séparer son épiderme du tissu de mon pantalon présentait un risque de non-retour. La belle prudence du timide qui se soigne. J'ignore si j'aurais pu espérer autre chose pour une première fois. Nous avions parlé, mangé et bu. Nous nous étions mutuellement écoutés. Sa cour désuète et la rapidité de ses initiatives avaient rendu la situation improbable et j'avais trouvé dans l'arythmie de nos échanges quelque chose d'original qui m'avait attirée. Je m'aventurais sur des terres nouvelles pour moi, là où je n'avais aucun repère. Ma boussole intime brouillée, je m'en étais remise à mon instinct, ne sachant encore s'il était bon ou pas que je me fasse confiance en la matière. J'ignorais tout de ce que chaque minute à venir pouvait offrir et je goûtais la découverte d'un abandon enfin tourné vers autrui.

En réalité, il serait faux de dire que je n'avais pensé à rien. Que l'abandon avait été facile. Rien n'avait été parfaitement naturel mais j'étais avide d'être pleine d'autre chose que de moi-même. J'étais impatiente, j'étais curieuse, j'étais nouvelle en ce monde. Exploratrice. J'étais entre des mains qui devaient n'avoir vécu qu'en ville. J'étais contre un corps chaud, qui en avait sans doute vu d'autres, et c'était parfait. Finalement. Après le restaurant, j'avais repris ma place à bord et je m'étais laissée conduire, comme le ferait une jeune danseuse tutorée par son cavalier expérimenté. L'air chaud dans la voiture était dirigé vers mes pieds et dans son courant, j'avais senti mon corps entier se réchauffer. Avec un effet de brûlure par endroits, selon que j'imaginais ce qui allait se passer ensuite. Quand je me voyais nue face à lui, c'était entre mes cuisses que la chaleur piquait avec avidité. Lorsque j'envisageais que cette soirée prenne fin sur le trottoir au bas de mon immeuble, qui se trouvait deux rues plus loin sur la droite, c'était mon cœur qui se consumait. Au premier feu qui s'était montré rouge, il m'avait demandé doucement : Veux-tu venir chez moi ?

J'ignore si la jouissance se met en mots. Il est des stades et des états où la sensation échappe à la description. Comment dire deux peaux qui se touchent. Ces nervures les unes contre les autres. Comment décortiquer ce chemin qu'emprunte le désir. Sa progression laborieuse puis sa cavalcade impossible à refréner. J'avais ce soir-là, le corps chaud d'avoir envie de toucher cet homme dont je devinais l'impérieuse envie de me dévorer. Ses yeux sur moi allumaient tout. J'étais nue bien avant que mes vêtements ne jonchent son sol. J'étais offerte avant même qu'il ne pénètre mon corps. Je sentais les chaînes tomber et dans le bas de mon ventre, un mouvement. La bête du désir qui voulait sortir. En poussant en moi, elle écartait mes bras, faisait pointer mes seins, cambrait mes reins, dirigeait mon visage vers le ciel et ma langue et mes mains vers cette autre peau face à moi. Des millions de micro-mouvements envahissaient mon cuir chevelu ; je sentais la racine de chacun de mes cheveux sur ma tête. C'était moi sans être moi. Nouvelle. Primitive. Dénudée et dénuée de tout. J'étais débusquée. J'avais laissé sa bouche humecter l'intégralité de ma peau, me lécher tout entière, savourer ma naissance de femme. J'avais dansé sur son rythme, entre délicatesse et brusquerie. Ses mains qui glissent et ses mains qui serrent. Sa langue qui entoure la mienne et sa langue qui lape mon sexe. Son ventre lové contre le mien et son bassin qui cogne. Ses yeux qui me cherchent puis ses paupières closes. Son souffle dans mon oreille et son râle final. La légèreté de mon être emporté et le poids de son corps sur le mien. La déchirure liée à cette première étreinte avait été un écho parfait à celle qu'avait représenté notre départ de la forêt. J'avais senti avec mon hymen, ma bulle de vie tailladée ouvrir un nouvel ordre des choses. J'abandonnais mon existence membranée sur des draps dont le parfum musqué me ramenait dans mes bois et me rendait plus animale encore. Avant de me laisser à ma petite mort.

Il y en avait eu de nombreux après lui. Avec ces hommes, j'avais goûté une facilité entièrement nouvelle pour moi. Il n'y avait eu que dans la multitude que mon abandon avait été possible. Il n'y avait qu'en étant régi par cette règle que mon corps avait pu s'aventurer là où ma tête lâchait la rampe. J'avais enchaîné les hommes, ni pour souffrir, ni pour faire souffrir. Je ne prévoyais pas, je ne planifiais pas, je ne consommais pas. Je fuyais mes abysses en les comblant de rencontres et de corps impatients. Je fuyais mes mouvements et atermoiements, je fuyais mes trop-pleins, les charges qui me rendaient lourde et parfois incapable de me mouvoir encore, je les fuyais en vidant ma tête, en lâchant des souffles et des cris, en me liquéfiant. Il était question d'émotions, parfois de sentiments mais je ne m'engageais pas. Jamais. Et c'était simple ainsi. Si je m'attardais, j'étais perdue. J'ignorais ce qu'il convenait de faire, je redoutais, je me projetais. J'étais plus souvent à côté qu'autre chose, je mélangeais ce que je souhaitais et ce que l'autre voulait. Je devinais tout, tout en lisant mal entre les lignes. Je mesurais, pondérais, je cherchais l'équilibre tout en trébuchant, selon les situations, d'exagération ou de sous-considération. Dans mes dédales oxymoriques, je tombais rarement juste et je m'épuisais autant que j'épuisais l'autre. Là où certains jugeaient qu'il y avait trop de rapprochements cutanés dans ma vie, je crois au contraire qu'il y avait beaucoup de distances. Ils ont été nombreux après lui, choisis et bons pour moi. Ils ont jalonné ma vie comme des courts voyages. Et je suis passée dans la leur, au cours de moments de partage consentis.

La nuit, il m'arrive d'avoir le sentiment que mes os essaient de percer ma peau. Ils crissent à l'intérieur de moi. J'ai plus peur de mourir que durant les jours qui ont suivi l'événement. Je n'en peux plus de ne pas savoir dans quel état je suis vraiment. Je ne parviens plus à jauger mes douleurs. Je ne sais plus dire si elles s'espacent dans le temps, si elles sont plus ou moins intenses le temps passant. Je n'ai aucun indicateur auquel amarrer mes espoirs. Pas d'appétit, pas de force, pas d'envie. Je suis un bloc sensible et absent à la fois. Maman a cessé de cuisiner à outrance et ne me nourrit que lorsque je le lui demande. Elle a retrouvé sa lenteur. Ou une autre. Elle me semble lente de lassitude. À moins que cela ne soit mon immobilité qui façonne son rythme. L'extérieur est devenu un autre monde, le symbole d'un temps différé et diffus. Nous vivons dans un présent très plein et avons le sentiment de parvenir à borner la vie. Pour nos âmes curieuses, cela pourrait être limitant. Je prends conscience qu'en réalité, ce périmètre contenu nous permet de survivre, dans tous les sens du terme. Nous y cultivons et prélevons notre nourriture. Nous nous en inspirons et nourrissons pour tenir, conscientes de ce qui nous dépasse et de notre juste place.

Maman s'installe près de moi. Sur ce matelas au sol, que je ne quitte plus. Noyée dans mes humeurs. Elle glisse : Il y a des terres à explorer. Je ne suis pas sûre de comprendre de quoi elle parle. Il y a des terres à explorer, tu sais. Des endroits que l'on ne connaît pas, il y en a tant. Tant d'autres ailleurs, avec d'autres héritages et d'autres coutumes. J'aimerais partir parfois, et faire le chemin que ton frère a fait. Marcher dans ses pas. Découvrir des contours différents pour laisser de côté ma propre peau. Voir autrement. Je commencerais par l'Asie. L'Asie représente un inconnu absolu pour moi. Je veux commencer par l'inconnu. Et toi, ma chérie ? Moi, je rêve de pays chauds, quels qu'ils soient. Des terres brûlées. Des vies où pas le moindre morceau de glace ne résiste. Je rêve de déserts. De sable qui filerait entre mes doigts et mes orteils. D'eau dans laquelle me baigner. Des éléments fuyants, fluides. Légers. Le contraire d'ici, de cette terre dure qui vous met à l'épreuve. Qui garde trace de tout. Je rêve d'une vie loin de cette terre qui encapsule tout, et garde prisonnier. Je pars. En m'emportant, mon sommeil se gorge de rêves. Presque des cauchemars, qui me laissent trempée de sueur mais aussi, le sourire aux lèvres. Je marche dans le désert, sous un soleil accablant. Torride. Jusqu'à l'épuisement, je marche. Je tombe et meurs dans le sable. Le soleil grille ma peau. Les charognards ne mettent pas longtemps à venir déchirer ma chair. La chaleur accentue la putréfaction de mon corps. Et je disparais vite. Si vite ! Pas comme ce froid qui conserve tout ici. Comme ce pigeon au milieu de l'allée, qui est mort depuis plusieurs jours déjà et que la glace a gardé pour elle. J'ai vu des traces de pieds d'animaux tout autour, dans la terre gelée. Mais aucun n'a pu profiter de la bête. Condamnée à rester. Comme une offrande dont personne ne peut jouir. Je rêve. Je suis emportée par une rivière glaciale. Le courant me secoue, j'ignore le sens de toutes choses. Je me sens fatiguée, si fatiguée. Cela va vite et lentement à la fois. Il m'arrive de sortir la tête de l'eau mais sans avoir vraiment le temps de reprendre mon souffle. Mes membres ne m'appartiennent plus vraiment. Mes bras tapent dans mon dos, dans mon visage. Mes pieds touchent parfois un rocher au fond de la rivière. Le froid ankylose tout; je ne parviens pas à crier. Rien ne peut plus sortir de mon corps. Ni larmes, ni cris. Et le courant m'emporte, m'emporte, m'emporte. Et ce, jusqu'à l'infini. Ce moment, ce moment précis de mon rêve où je réalise que cela ne s'arrêtera jamais, où je prends conscience de la notion d'infini. Mon sentiment à ce moment est l'exacte reproduction de mon sentiment au moment où j'ai appris la mort de mon fils. La douleur de ce courant glacé qui m'emmène, me fatigue et me malmène sans me tuer tout à fait, pour l'infini. Une souffrance absolument sans fin. Notre cerveau n'est pas en mesure de considérer l'infini. Il peut considérer l'information mais il ne peut pas l'intégrer. Notre conscience a des limites et c'est précisément pour cela qu'il y a des peines insurmontables et inimaginables. Des peines dont on ne peut faire aucune œuvre, dont rien ne pourra jamais vous délivrer. On ne peut pas faire de littérature avec ce genre de deuils. Ils sont ineffables. Ce sont des événements qui appauvrissent les mots, qui les creusent. Ce sont des événements qui raclent, grattent les bords, les fonds, de vous et de la vie. Ils vous assèchent, vous lyophilisent, vous laissent comme un corps vide. Ces peines sont l'infini lui-même. Un puits sans fond. Des peines éternelles. On ne reprend pas une vie après la mort de son enfant, on avance emporté par le courant glacé. On flotte à la surface, on coule parfois mais on ne redevient jamais ce marcheur sur la berge, serein, qui avance à son rythme en regardant le paysage. Nous, les endeuillés sans dénomination, nous sommes charriés par les flots, nous avons le regard brumeux et l'âme lessivée. Nous ne vivons pas vraiment. Demain ne nous ramènera pas nos enfants. C'en est fini d'eux. L'histoire est celle-ci. La leur et la nôtre.

L'hiver nous enserre totalement. Je le connais bien. Sur les parois de notre cabane, je dessine son décorum. Les arbres sont dénudés. Le paysage est une sorte de bichromie qui décline toutes les variantes possibles du blanc au noir. Il se passe moins de choses, il y a moins de bruits, et c'est extraordinairement apaisant. Chacun est replié chez lui, ne circule que pour l'essentiel, quand il n'a pas choisi de se terrer jusqu'au printemps. La saison propose une palette restreinte d'options. Le froid contraint tellement qu'il oblige à ne considérer que l'essentiel. L'hiver est d'une loi implacable, qui méprise le superflu. Il y a des fils blancs partout, qui relient les arbres entre eux. Nous avons faim. La douleur ne me permet pas encore d'envisager bouger mais l'envie est là. Mon corps est accaparé. Je le sens assailli de tâches en tous genres. Cicatriser mes plaies, ressouder mes os, puiser dans ses réserves d'énergie pour me tenir éveillée. Pour autant, il a envie de bouger, je le sens. Peut-être un réflexe à cette faim qui me tiraille. Un plan inscrit en lui : la faim appelle l'action d'aller chercher de la nourriture. J'ai envie de cueillir, de chasser, de pêcher, de déterrer. J'ai envie de tout un tas de choses, y compris celles que nous n'avons plus à disposition depuis longtemps, supermarché occasionnel ou pas. Séparer les blancs des jaunes. Battre les blancs en neige ferme. Mélanger les jaunes avec le sucre, le sel, la levure et la farine. Ajouter le lait progressivement afin d'obtenir une pâte sans grumeaux. Incorporer les blancs en neige. Mélanger délicatement à l'aide d'une spatule afin de ne pas casser les blancs. Laisser la pâte reposer au moins une heure à température ambiante. Faire chauffer une poêle avec une noix de beurre. Déposer une petite louche de pâte. Dès qu'une multitude de petites bulles apparaît à la surface, retourner. Laisser cuire encore 30 à 40 secondes. Servir chaud. Je vois les jaunes au fond du bol. Ils ont le ventre bombé et luisant. Le sucre qui tombe sur eux s'agglutine en un petit monticule, rapidement absorbé. Je n'ai jamais la patience de mélanger les blancs en neige sans les casser. Je finis d'un geste rageur, incapable de la moindre ténacité. Maman fait cuire des banik dans le four de la cabane. De la farine, de la poudre à pâte et de l'eau. C'est rustique, fade et pâteux mais c'est chaud et je souris quand elle me sert. Tu n'as pas changé de vêtements depuis plusieurs jours, non ? Ma question semble la choquer. La vexer peut-être. Maman n'accorde pas vraiment d'importance à son physique. Dans la cabane, il n'y a plus aucun miroir depuis longtemps, même dans la salle de bains. Parfois, je croise mon reflet dans une vitre et je me surprends. Maman a toujours pris soin d'elle ; depuis le coup de fil, les choses ont changé. Elle ne se néglige pas mais c'est comme si la forme de son corps ou les lignes de son visage n'étaient pas un sujet. Elle ne s'habille pas, elle couvre son corps pour ne pas avoir froid. Ses vêtements ne semblent jamais sales. Elle a réduit son vestiaire au minimum, comme s'il fallait supprimer encore et encore. S'alléger non pas tant des choses mais des questionnements qu'elles suscitaient. Peu à peu, Maman limite le champ. L'espace dans la cabane est de plus en plus restreint pour qu'il y ait de moins en moins d'interconnexions. Dans ce cadre aux marges de plus en plus faibles, nous survivons parce qu'il y a dehors, ou l'espoir de dehors.

Myocastor coypus, de la famille des *myocastoridae*, sous-famille des *myocastorinae*, le ragondin est un gros rongeur à la silhouette massive. Son corps mesure de 40 à 60 cm et sa queue peut atteindre 40 cm. Elle est peu velue, cylindrique. Le ragondin pèse 5 à 9 kg et vit 4 ans en moyenne. Il a les poils bruns à bruns jaunâtres plus au moins foncés sur le dessus, et plus clairs en dessous. Le bout de son museau, le menton et la plupart des vibrisses sont bancs. La face externe de ses incisives est orange. Ses petits yeux et ses oreilles sont situés sur le haut de sa tête. La valeur commerciale de sa fourrure, sa bonne adaptation aux conditions climatiques et son bon taux de reproduction ont grandement favorisé la multiplication de son élevage et en ont fait une proie de choix pour les trappeurs.

L'impact du ragondin sur le milieu naturel se trouve relativement peu documenté. Il est d'autre part difficile à mesurer en l'absence de paramètres objectifs et de données de référence avant l'introduction de l'espèce. On sait cependant que le ragondin est un gros consommateur de végétaux aquatiques, qui peuvent, dans certains cas, être fortement réduits voire éliminés des secteurs à forte densité. La réduction ou la disparition de ces végétaux entraîne une modification des conditions de courant qui, à son tour, entraîne une modification des conditions nécessaires à la survie des espèces. La plus fréquemment citée est la disparition des zones de frayères pour plusieurs espèces de poissons, ce qui est probablement aussi le cas pour les zones de ponte de plusieurs mollusques et insectes aquatiques. De manière plus anecdotique, le ragondin peut occasionnellement provoquer la destruction de couvées d'oiseaux aquatiques se trouvant sur son passage.

Agriculteurs, chasseurs, pêcheurs, riverains… Nombreux sont ceux qui souhaitent la régulation, voire l'élimination du ragondin. Les méthodes ne manquent pas : piège, déterrage, chasse, mais aussi, le plus souvent, empoisonnement par la bromadiolone, pesticide anticoagulant, mortel par voie cutanée ou par inhalation, nocif pour les organismes aquatiques, qui fait mourir les ragondins dans d'atroces souffrances. Doté de griffes redoutables, le ragondin se défend lorsqu'il se sent agressé, comme n'importe quel animal. Mais on n'a jamais observé d'agressivité envers l'homme chez un ragondin en liberté.

À force d'être allongée, entourée de tous ces arbres dehors, j'ai le sentiment de vivre dans une tombe. J'annonce aujourd'hui que quoi qu'en disent mes douleurs, je vais sortir désormais. J'ai besoin d'être debout. De voir comment, et si, mon corps peut me soutenir ou pas. Il nous faut du temps pour me verticaliser, m'habiller. Je sens Maman heureuse de me voir retrouver une position de vivante. Elle m'aide à tout faire avec un entrain qu'elle essaie de calmer pour ne pas me brusquer, ou me blesser davantage. Nous échangeons quelques mots sur la façon dont nous pourrions me fabriquer des béquilles. Maman me rapporte de la grange deux bâtons de marche en bois sur lesquels je prends appui. Ils prolongent mon corps de façon presque indistincte, tant je suis raide et maigre moi aussi. Quand Maman ouvre la porte, le souffle du dehors me coupe la respiration. Je crois que je revis de sentir ce froid sur ma peau. Il me ravive et dans mon dos, je sens que mes premiers pas transportent Maman de joie.

Nos traditions ont changé. Désormais, nos journées s'organisent autour de ma sortie. Il nous faut beaucoup de temps pour me relever et me préparer pour aller dehors. Autour de cela, les événements gravitent comme de minuscules électrons : avaler quelques aliments, lire, parler un peu, dormir beaucoup. Aujourd'hui, la neige tombe du ciel. Je n'ai plus besoin que d'un seul bâton. Je descends au bord de l'étang pour casser la glace avec. Juste au bord, jusqu'où ma force peut aller. Et puis, les souvenirs reviennent et je tape de rage, en me moquant de mes douleurs. Je détruis la glace aussi loin que je parviens à écraser mon bâton sans mouiller mes pieds. Un vieux m'avait dit un jour qu'il ne fallait jamais frapper la glace ainsi. Que les poissons perçoivent les ondes et ressentent les vibrations. Qu'ils sont des créatures à sang froid, qu'ils s'engourdissent l'hiver et se lovent dans la vase au fond de l'eau. Ils nagent sous la glace et la neige pour garder leurs branchies oxygénées mais ne sont pas plus actifs, calant leur température sur celle de l'eau environnante. Leur comportement léthargique me rappelle le mien. Je tente de me souvenir du nom de ce vieux qui savait tout, qui donnait ses leçons comme une mère la béquée à ses petits. Je l'insulte de n'avoir été là que pour prévenir et enseigner ce qu'il convenait de faire avant que les événements ne surviennent. Absent pour guider dans le présent. Absurde grand-père, grand-oncle, voisin ou que sais-je, incapable de remettre en question les enseignements transmis. Soucieux de l'ouïe des poissons mais encore persuadé qu'on éduque un enfant à coups de ceinturon. Adulé au bar pour ses remèdes, recettes, astuces et autres enseignements ancestraux. Je l'avais détesté malgré sa nonchalance et sa discrétion qui brouillaient mes fréquences, m'empêchant de savoir si je pouvais m'abandonner à lui faire confiance. Ce matin, je pense à lui gelé depuis longtemps sous la terre, à tous ces hommes absents et à ceux qui reviennent pour nous piller. Piller nos souvenirs par des photos sans commentaire et piller nos vivres pour survivre. La colère me ronge et mes larmes se figent, comme la glace. J'entends Maman ouvrir la cabane alors que le héron passe bas, entre les sapins. Je n'ai pas vu le ragondin depuis si longtemps. Parce que j'avais voulu suivre les conseils, j'avais eu peur, j'avais anticipé un scénario que rien n'était pourtant venu corroborer. Il aurait détruit nos berges ? Notre étang ne nous servait à rien, en soi, et si telle devait être sa destinée, peut-être devions-nous l'accepter. J'avais mis un piège et n'avais jamais tué le ragondin. Il avait fui de lui-même et je lui étais reconnaissante d'avoir ainsi coupé court à mes interminables atermoiements quant à sa vie ou sa mort à nos côtés. Désormais, nos berges sont intactes, ou presque. Et moi, je suis déçue à chaque fois. Lorsque je sors sur le perron de notre cabane, j'ai de moins en moins le courage de saisir les jumelles. Je n'ai plus de ragondin à observer. Je n'avais pas soupçonné que son départ me laisserait un tel sentiment de vide et j'ai eu du mal à le partager avec Maman. Je m'étais attachée à ce rongeur comme on s'accroche à n'importe quel autre rituel. Ce ragondin venait me dire que le sauvage existe, que nos vies en surface, qui dévorent notre énergie, ne représentent qu'une infime part de l'existence. Ce ragondin venait me dire la lenteur et l'ordre des choses. Il me remettait à ma place dans le monde. Nous étions égaux l'un face à l'autre. Mais j'avais décidé de jouir de mon pouvoir de posséder des pièges et des fusils. Je m'étais grandie plus que raison. J'avais fait preuve d'autant d'autorité que de faiblesse. J'avais suivi ceux qui avaient peur et j'avais fait fuir le ragondin.

Après lui, était venu le héron. À une époque où déjà, nous ne croisions plus grand monde par chez nous. Le ragondin éliminé, le héron était devenu le prochain prédateur à abattre. Je me souviens m'être demandée d'où venait ce besoin absolu d'avoir un être à détester. Pourquoi ces projets de destruction ? Dans l'entourage à l'époque, les mêmes recommandations ; le héron mangeait son poids en poissons chaque jour, il nous viderait notre étang avant de passer à un autre. Je devais représenter l'ordre absolu sur Terre et l'éliminer. Discrètement car le héron était ici une espèce protégée. Il me faudrait être habile. Discrète et sournoise. Pour ficher une balle dans son corps et laisser enfin les poissons de notre étang, dont j'ignorais tout, vivre en paix. Il m'avait fallu écouter et écouter encore. Me laisser convaincre que chez moi, entre les bornes cadastrales, j'étais reine et toute-puissante. De tous ces sauvages dont il semblait important de se protéger, il m'avait semblé que ces humains assoiffés de sang étaient les pires. Ils surenchérissaient, se réjouissaient de leurs exploits assassins et prenaient plaisir à ce qui leur semblait être une sorte de formation initiatique à mon attention. Comment s'approcher. Comment tuer. Comment prendre le pouvoir. Je savais qu'il me faudrait tuer pour survivre et l'hiver qui avait tout éloigné de nous, me disait chaque jour que l'échéance approchait. Que dans le cours des choses, je devrais accepter de prendre ma place en tuant à mon tour. Je savais. Mais au-delà de cela, les plans échafaudés pour affirmer qui avait ou non sa place sur ces terres, étaient de plus en plus douloureux pour moi. Je ne supportais plus d'écouter les bons conseils des chasseurs piégeurs. Ces discussions de comptoir, qui excluaient toute autre forme d'échanges, me rendaient nauséeuse. Puis aigrie. À chaque fois, j'en ressortais de plus en plus en colère. Je finissais par tout mélanger. Je ne savais plus faire la part des choses. Tout être vivant ayant pour projet de capturer volontairement la vie d'un autre être vivant me rendait physiquement malade. Je sentais mes propres plaies se rouvrir, mon cœur s'emballer plus que de raison, mes yeux piquer. J'amalgamais les récits et les souvenirs. Je faisais de ce ragondin et de ce héron les symboles d'un sauvage salutaire face à une sauvagerie mortifère. Ils étaient nos fils à protéger. Au fil du temps, assez rapidement même, je n'avais plus supporté le moindre mot au sujet de ces animaux que la masse voisine exigeait que j'extermine. J'étais devenue maussade, puis agressive. J'avais commencé à échafauder des plans. La nuit, puis en plein jour dans mes rêveries, lorsque je lavais le linge ou épluchais ces pommes que nous compotions. Hommes et animaux se mélangeaient. Je ne savais plus qui j'avais vraiment envie de tuer.

J'ai dans la bouche encore, malgré le temps passé, un goût de fer et de sel que ma rage rend acides. Quelques courbatures persistent mais je sens ma douleur qui part. Et avec elle, mon désir de lui trouver un autre foyer. J'ai envie que d'autres souffrent.

Quand je suis sortie des toilettes du bar ce soir-là, je pensais au caractère éminemment sexiste des noms de famille, au fait que décider qu’hommes et femmes portent conjointement leurs deux patronymes ne pouvait être une solution durable, comment feraient les enfants une fois mariés eux aussi, on ne pouvait pas adjoindre des noms à l’infini, dès lors il fallait choisir, et l’on avait choisi de préserver et transmettre le nom masculin, et ce parti pris s’ajoutait aux autres, ancrait les précédents du même acabit, renforçait la primauté masculine, reléguait les femmes au second rang, je ne voyais pas de bonne solution et je trouvais fou qu’il n’y ait pas de bonne solution, simple et juste, tout devrait avoir une solution simple et juste. Je m’étais cognée 26 fois, j’avais encore mon pantalon ouvert et le morceau de papier toilette usagé dans la main. Il y avait un ordre logique : uriner, s’essuyer, jeter le papier, tirer la chasse d’eau, se rhabiller, ouvrir la porte, éteindre la lumière. Une fois sur deux, j’étais incapable d’y parvenir. J’avais la bonne intention : sortir des toilettes. Mais je m’égarais mille fois en chemin. J’allais trop vite, je mélangeais les étapes. Délestée et debout sur mes deux jambes, j’éteignais la lumière, cherchais la chasse d’eau dans le noir, déverrouillais la porte. Et réalisais mes manquements et autres étapes évincées, le pantalon ouvert et le morceau de papier toilette dans la main, trop tard.

J’ai pesté contre moi-même puis j’ai remarqué sur l’affiche en face de la porte des toilettes pour femmes, qui faisait la promotion de l'union commerciale et artisanale locale, que les cinq mots – Fête de votre union commerciale – étaient mal répartis dans l'espace et déséquilibraient toute l'affiche. De surcroît, le rouge vibrait sur le vert et rendait la lecture inconfortable. À droite était punaisé un petit format qui disait : Comment dialoguer avec votre ange gardien – Conférence ouverte à tous. J'ai tenté de rétablir l'ordre des choses. Jeté le papier dans la cuvette et tiré la chasse d'eau. Je me suis rhabillée, me suis lavé les mains en cherchant à conserver les ultimes traces de ma dignité et suis revenue dans la grande salle. J'étais déstabilisée par ma rencontre du soir. Un homme pour qui tout semblait simple et qui parvenait – ce qui ne cessait de me surprendre depuis le début de la soirée – à faire toute chose de façon lente et rapide à la fois. Quand je m'empêtrais à glisser mes deux bras dans mes deux manches – projet qui pouvait sembler aussi simple que d'enfoncer deux fiches dans une prise électrique –, il avait des gestes d'une redoutable efficacité. Il était d'une lenteur véloce. Et cela me subjuguait.

J'avais eu très mal au ventre en rentrant chez moi. Il y avait ce collant qui m'avait cisaillé la taille toute la soirée – torture féminine en vente libre. Mais je crois surtout que j'avais cessé de bien respirer, à plusieurs reprises. J'avais été nerveuse. J'avais essayé d'être plaisante et cela m'avait demandé une énergie bien au-delà de mes capacités. Je ne me respectais pas pour ça. J'étais de celles qui revendiquent dans l'assemblée – quand il est tard et qu'il n'y a plus qu'une lumière sur deux – que plaire, ça n'est surtout pas se travestir, que le maquillage est un mensonge, que l'apparence est une rectification de nos biais, un arrangement pour ordonnancer nos chaos. Je pestais contre nos fatigues qui nous empêchent de nous interroger sur le bien-fondé des choses. Je moquais les On a toujours fait comme ça. Mais ce soir-là, j'avais voulu être plus belle qu'une autre, plus intelligente que la précédente, plus attirante que la voisinc.

L'amour n'avait pas seulement installé l'exclusivité chez moi. Il était arrivé bardé de tout un tas de principes que j'avais été bien incapable de démêler. Entre autres, il avait crispé mon désir. Moi qui avais multiplié, nourri mon abandon à des mains et des mains et des mains toutes différentes, plus ou moins gorgées de tendresse, j'étais devenue un bloc de glace. Pour la première fois de ma vie, une chose avait été absolument évidente. Je n'avais pas eu à débattre, échafauder des scénarios. Je n'étais pas sortie frustrée d'avoir eu à choisir. Le sentiment amoureux avait naturellement pris toute sa place en moi. C'était parfait. Et j'avais découvert une vie aux côtés d'un homme, dans laquelle je ne m'étais encore jamais projetée. J'aimais pleinement, j'aimais pour de vrai, j'étais amoureuse, envieuse, désireuse, capable d'imaginer ma vie entière aux côtés de cet homme. Mais plus je me laissais aller à cette intime conviction, plus je m'offrais sur le champ des sentiments, moins j'étais capable de le faire sur celui du corps. Mon cœur ouvert verrouillait chacun des pores de ma peau. Peu à peu, j'étais devenue impossible à toucher. Je ne savais plus embrasser. Ni caresser. J'étais une peau morte, alors même que je me sentais accompagnée le mieux du monde. Je sentais mon corps replié sur lui-même et un fossé de plus en plus grand se creuser entre ce que mon cerveau pouvait souhaiter et ce que mon corps était capable d'offrir. Le décalage était tel qu'il me laissait pantoise, incapable d'apporter la moindre explication légitime, incapable de rassurer. L'abandon n'était plus possible. Un seul homme, beaucoup de sentiments, un attachement viscéral. J'étais reliée. Attachée, je ne savais plus m'abandonner ; je me sentais alourdie par tous mes sentiments. J'avais des choses à perdre, des choses que je souhaitais préserver. Je ne savais plus trouver de place juste aux émotions et aux sentiments. Il m'était devenu impossible de lâcher prise. Je ne savais plus toucher et être touchée, je ne savais plus dire, plus recevoir. Je ne savais plus boire, danser. Et même rire. Je sursautais à sa main sur mon épaule. Je me crispais à la moindre de ses tentatives de rapprochement. Ma bouche restait fermée, hermétique à ses baisers. Alors même que je l'aimais, je devais déployer des trésors et des montagnes de ressources, aller puiser au plus profond de mon courage pour parvenir, sans gloire et sans plaisir, à ouvrir mes cuisses. Durant cette période où j'aurais dû être heureuse, je me suis lentement enfoncée. Mes peurs sont devenues plus puissantes. Elles ont commencé à entraver mes gestes et à crisper toutes mes expressions. Celui à qui je me sentais si reliée s'était essoufflé à force d'essayer sans cesse de me rapprocher de lui. De réduire cet espace entre nous que je ne savais combler que de lourdes branches.

Les vitres sont givrées par des cristaux de glace. La neige tombe sans discontinuer. La fenêtre par laquelle j'observe le dehors forme un tableau carré. Des traits marron strient le fond blanc du ciel et je me surprends à avoir envie de vert, mais pas seulement. J'ai envie d'une eau chaude sur mes épaules, qui coulerait sans fin et dont je repousserais la moindre tiédeur en tournant un peu plus le robinet marqué d'une gommette rouge. Il n'y aurait de conséquence à rien et aucune limite imposée par notre environnement. Je pourrais me prélasser seule, et lentement. Sans avoir à me tourner discrètement en entendant les pas de Maman sur le plancher en bois, qui arrive les bras chargés d'une bassine d'eau chaude à verser par-dessus celle déjà refroidie de mon bain. L'hiver est quelque chose de sérieux ici. Il n'est pas une saison. Un passage d'un état à un autre. Il n'est pas égal au printemps, à l'automne ou à l'été. Il est un vaste espace, dense et rugueux. Il est un moment tellement plein et tellement exigeant que le reste à côté semble, non pas fade, mais soumis. L'hiver impose allégeance. Il exige une discipline qui consiste, avant tout autre chose, à vivre. Oui, en hiver, vivre est la seule chose sur laquelle se concentrer. L'hiver ici exclut de badiner. Il demande à ce que l'on soit droit comme un i, sobre, fiable et éminemment présent à ce que l'on fait. Soyez approximatif et l'hiver vous tuera.

Je me demande s'il ne serait pas bon que le printemps arrive maintenant. Il pourrait nous sauver. Le printemps est une saison rapide. Il arrive un matin. Dissipe la neige qui se décroche par morceaux de notre toit en le raclant dans un son grave. Les arbres coulent. On pourrait croire de la pluie mais l'irrégularité des chutes de gouttes donne plutôt l'impression que les branches pleurent. Des larmes de neige pour dire au revoir à l'hiver. Une fois le paysage blanc saccagé, le printemps installe la boue. Une pâte marron qui colle aux chaussures comme les origines. La boue est cette terre d'où l'on vient et à laquelle on revient toujours. Ces héritages dont on ne se dépêtre jamais vraiment. Notre territoire, borné par un grillage ayant renoncé depuis longtemps à contenir quoi que ce soit, détient la mémoire des générations antérieures.

Il y a eu trop d'événements ces derniers temps. Notre vie a été troublée et plus rien ici ne semble être vraiment dans l'ordre. Les choses sont en attente. Pétrifiées comme nous le sommes, de savoir ce que le ciel réserve encore. Jusqu'à présent, notre solitude avait été un choix. Nous avions décidé de faire un pas de côté pour nous retirer un peu. Désormais, il me semble qu'il s'agit plus d'un repli que d'un recul. Plus une retraite mais une vie tout court. Plus personne ne vient ici depuis si longtemps, depuis des siècles me semble-t-il. Maman ressent la même chose que moi, je le sais. Je le vois à sa façon de regarder dehors et d'organiser ses journées. Elle lit avec moins de concentration, comme si autre chose l'appelait déjà. Ce soir, elle ose enfin. Elle me demande, en tisonnant les braises dans le poêle : Veux-tu partir ? Depuis des jours, j'attends sa question. Je lui réponds rapidement : As-tu déjà été heureuse ? Elle referme la porte en fonte émaillée écaillée et pousse quelques cendres au sol avec son pied droit. Elle s'assoit en face de moi et je la trouve belle. C'est une considération que nous n'avons plus depuis longtemps. Nous sommes habituées l'une à l'autre. Elle prend une respiration et le premier morceau de tissu qu'elle trouve, pour couvrir ses jambes repliées sous elle. Elle emberlificote une mèche de cheveux entre ses doigts, comme un tic qui trahit sa nervosité. Te sens-tu moins faible ? Je me contente de lui sourire et elle sait. Que je ne répondrai pas. Que notre conversation à venir ne concernera pas mon état de santé. Ni nos menues réserves de nourriture. Ni aucune autre contingence matérielle. Nous ne sommes pas là pour ça. Pas ce soir. Pas depuis 4 ans en réalité.

Votre père avait une chemise blanche dont il relevait négligemment les manches. Ses avant-bras avaient une forme parfaite, à la fois fins et virils. Juste ce qu'il fallait de poils et de veines apparentes, à l'orée du tissu froissé. Mes meilleurs souvenirs d'enfant sont ces moments passés dans les librairies, et quelques vacances au bord de la mer. Un jour, mon frère a vidé la bouteille de vin que notre voisin rangeait dans le porte-bidon de son vélo et il a pissé dedans. Lorsque j'ai visité un musée pour la première fois, je me suis ennuyée 90 % du temps. Mais les 10 % restants m'ont tellement éblouie que j'en rêve encore parfois la nuit. Les jours où vous êtes nés, ton frère et toi, il faisait exactement le même temps. Un brouillard tellement épais que l'on avait l'impression qu'il pourrait nous porter. Votre père et moi, on appelait ça le brouillage. Ces matins où il me disait, après avoir ouvert les volets de la maison, Il y a du brouillage, ont été pour moi les plus beaux matins du monde. La première fois qu'un homme a glissé sa langue entre mes lèvres, j'ignorais même que cela existait et ce frisson d'une teinte anormale a fondé une grande partie de mes quêtes ensuite. Ne cherche-t-on pas toute sa vie à être surpris ? Un été, ton frère n'était pas encore né, ton père était parti travailler loin pendant quelques semaines, et tu étais très calme, je passais presque l'intégralité de mon temps sur cette chaise qui est encore aujourd'hui en face de l'étang et je laissais tous les bruits me pénétrer. J'en garde un souvenir humide car j'accédais alors, petite humaine au cœur des éléments, à la plus grande simplicité et la plus grande puissance qu'il m'ait jamais été donné de vivre. Mes sens me semblaient décuplés. J'étais une libellule, une grenouille, un lézard, un nénuphar, un cerisier. Le soir, j'étais dans un état d'euphorie tel, comme dopée par toutes ces vies que j'avais senties grouiller autour de moi, que nous dansions toutes les deux, longtemps, et nous riions. Moi à gorge déployée, toi avec la retenue que tu as toujours eue, empreinte d'autant de fascination pour cette maman légère et joyeuse que de suspicion chronométrée, comme si tu attendais le moment où je m'éteindrais, rattrapée par moi-même. Votre grand-mère paternelle est morte sans avoir eu le temps de décevoir quiconque. Ses obsèques se sont tenues dans une minuscule église dont l'austérité proférait un charme flamboyant. Je n'ai jamais cru en Dieu mais dans ce lieu sacré, je me suis mise à croire. Malgré le bourdonnement des voix répétant en chœur, et qui me donnaient la chair de poule, je me suis mise à croire. Les rituels sont de solides béquilles. En ça au moins, nous pouvons croire me semble-t-il, à défaut de concevoir qu'un homme ait un jour pu ressusciter. Hier, alors que tu dormais encore, avec tes poignets repliés sous toi, j'ai lu d'excellentes lignes. Nous avons toutes les deux tout lu de ce qu'il y a dans cette cabane. Il m'arrive pourtant d'être cueillie encore. Quelle chance d'avoir des livres avec soi. Vois-tu le manteau rose framboise qui est pendu dans l'armoire à l'étage ? Je l'ai acheté un automne. Ça n'était pas un jour particulier mais je me souviens avoir été parfaitement comblée de ma trouvaille. J'ai porté ce manteau pendant longtemps, en toutes circonstances et je sais que ça n'a pas toujours été heureux. Mais Dieu que c'est bon de se couvrir de vêtements dans lesquels on se sent bien. Comment des morceaux de tissus assemblés peuvent-ils devenir de telles armures de confiance en soi, c'est un vrai mystère pour moi. Rose framboise, quand j'y pense... Au bord d'une rivière, un soir, j'ai réussi à dresser un cairn ; un exploit pour ma patience capricieuse. Le lendemain matin, il s'était élevé de plusieurs pierres et j'ai cru exploser de fierté. Nous, inconnus, avions créé une œuvre collective. Je me suis pompeusement gargarisée d'en être la mère initiatrice pendant au moins trois jours. La création a un pouvoir démesuré sur moi. Elle me ferait accepter n'importe quel pacte avec n'importe quel diable. Il y a eu aussi mes premières confitures et les tiennes, notre retour ici, toutes les deux, quand nous ignorions encore si la clé glisserait ou pas dans la serrure et combien de canards il y aurait sur l'étang, l'obtention de mes diplômes, la fois où je n'ai jamais réussi à allumer le feu pour le barbecue et où cela a attendri votre père, celles où j'ai aimé mon reflet dans le miroir. Presque toujours, j'ai laissé mon exigence, ou mon inquiétude, rogner mon bonheur. Et je pensais, avec un fond de condescendance dont j'étais consciente mais que je ne parvenais pas à éviter malgré tous mes efforts pour le repousser loin, qu'il y avait dans le bonheur quelque chose de simpliste. Je l'ai donc étouffé, en soignant mon excessive conscience des choses. Je trouvais toujours matière à doucher n'importe quel élan de spontanéité ou de joie simple. Je pensais qu'en redoutant le pire, en permanence, je parviendrais à le tenir à distance. J'ai ainsi sapé mon plaisir, longtemps, tout le temps. J'ai été quittée pour cela. Par des amis et par votre père. Je crois. Il est difficile de formuler un regret à propos d'un fait ou d'un état dont on sait qu'aucune alternative ne se présentait vraiment. Je ne savais pas faire. Me gorger de bonheur, en être rassasiée, repue, je n'ai jamais su faire. Mon chapelet de bonheurs est ce qu'il est. Moins long peut-être que d'autres. Mais il existe. Un grain plus un grain plus un grain. J'ignore ce qu'est le bonheur. Le mien a été pluriel. De fugaces moments qui ne rivaliseront jamais avec ceux où j'ai craint jusqu'à la démesure. J'aurais aimé être capable de rire plus fort et plus souvent, pour vous apprendre. Je suis désolée. Il y a eu ce jour aussi, où je me suis présentée une seconde fois à un entretien d'embauche, grimée de la tête aux pieds. J'avais été recalée après mon premier rendez-vous – le type m'avait demandé de le comparer à un animal ! – mais je voulais tellement ce poste.

Maman me regarde. Il y a si peu de bruits ici. Notre cabane me semble soudain si petite que l'idée de taillader ses murs à grands coups de hache me traverse l'esprit. De l'air. Nous savons qu'il faudra prendre une décision. Vivre ce moment si particulier où l'on agit pour enclencher les événements, en espérant que le sens du vent respecte l'orientation convoitée. Je sens une sorte de confiance monter en moi, comme un réchauffement nouveau. Je sens que cela peut aller mieux. Je demande à Maman de punaiser la photo de nous quatre au mur et de me ramener des albums et des boîtes de photos de la grange. Je mets de côté quelques clichés que je punaiserai un jour, même si je me doute qu'il sera étrange de poser des visages sur nos murs. Cela fait longtemps que Maman et moi ne côtoyons plus que des paysages et des animaux. Sur ces clichés, je vois des sourires. Nous avons été heureux, ensemble et séparément. Nous avons eu une douce vie ici. Oui, je crois. Avec nos complexités associées, nous nous sommes tout de même composés une belle vie.

J'ignore si nous vivons ainsi depuis quelques jours ou quelques semaines. Maman ne le sait pas plus que moi. Je parviens de nouveau à lire seule. En regardant par la fenêtre l'hiver qui vit avec nous. Certains livres me donnent le sentiment d'être les premiers que je lis, comme s'il n'y en avait jamais eu d'autres avant. J'oublie les précédentes histoires. D'autres me font beaucoup de bien et je me sens avec eux le courage de revivre ensuite. Il y en a d'autres encore, dont la justesse me pénètre. Des livres qui me font plonger en moi, m'autorisant à accueillir ce que j'ai de plus noir et de moins solide. Je réalise à quel point je vis le cœur et les yeux rivés sur mon être intérieur. Coupée du monde. En moi. Profondément en moi et profondément à côté de tout. Incapable de savoir comment sortir de moi et sortir de tout cela, plus forte. Ces derniers temps m'ont offert une forme de lucidité et de clairvoyance qui, avec l'immense vulnérabilité et fragilité accrues par l'événement que nous avons traversé, m'ont paradoxalement empêchée de parvenir à parler avec fluidité, à aligner mes pensées avec aplomb, rapidité et cohérence. Il me semble avoir eu accès à un moi aligné et sincèrement juste, meurtri physiquement, apaisé autrement, mais cependant incapable de raconter correctement. Je crois avoir atteint l'acmé. Ce point où se mêlent compréhension, abattement mais aussi lucidité et presque fierté. Je suis fatiguée d'être moi, fatiguée de mes détours, de la vivacité de mes pensées qui ne me laissent aucun répit. Vivre ici m'a rapproché de moi-même mais j'ignore encore si me découvrir est la chose la plus merveilleuse qui me soit arrivée ou la plus détestable. En m'approchant de moi, il me semble avoir perdu mes capacités à mettre à l'œuvre les ressources qui m'avaient permis, jusque-là, de vivre dans le monde et avec les autres. J'ignore encore si je dois saluer et honorer mon chemin de découverte ou le craindre. Il va me falloir un peu de temps. Pour sortir de moi. Me reconnecter. Pour retourner la terre sans craindre de tomber sur des ossements. Pour planter et récolter, savourer. Pour cesser de sublimer cet état, de cristalliser ces cheminements intérieurs qui, s'ils m'ont ouvert à moi-même, restent néanmoins un état narcissique dans lequel je me bauge depuis trop longtemps sans doute. Pour la première fois depuis des années, sept sans doute ou trente-sept peut-être, je ne souhaite pas rester durablement avec ce moi si obscur. Cette profondeur abyssale est épuisante et je la sens dangereuse. Même si la vie ici, avec tous ses mouvements autour de la terre et près des arbres, m'apaise, je sens que je vais pouvoir quitter l'hiver. Accéder à une forme de légèreté compensatrice. Peut-être. Une légèreté profonde. Mais présente. Qui m'a sauvée bien des fois, lorsque le monde était là, à m'entourer et me regarder. Une légèreté que je dois apprivoiser pour apaiser cette noirceur qui m'est si facile mais qui m'effraie trop souvent. Ma rouille. Je lis ce soir : Se faire à moitié tuer une fois, ça doit être mieux qu'être à moitié vivant pour toujours.

Le nouveau jour qui se lève est fidèle à notre hiver dense et lourd. Ce matin, je décide de faire le tour de l'étang. Mon pas est lent et mal assuré. J'ai mal à la tête et aux jambes. Trop d'air frais d'un coup sans doute. En voyant comme les racines s'étalent, j'ai envie de vomir. Dans un mouvement semi-conscient, il me semble même les voir grouiller. En observant Maman s'affairer et tenter de nous faire vivre, je saisis l'importance des racines qui soutiennent les arbres. Discrètes souveraines sans qui rien ne pousserait. Maman est vieille. Sa vie s'effiloche. Elle s'occupe de moi et me soutient mais elle est usée. J'ignore comment je me suis relevée de mes blessures, et Maman des siennes, mais je sais que nos rétablissements physiques ne sont en rien un gage de survie à moyen terme. Nos ressources diminuent, fatalement. Nous vivons dans un dépouillement de plus en plus strict. La moindre chose m'encombre. Je ne tolère guère que les vivres et les livres. Même ce que nous avons volontairement fait entrer chez nous, au moment de notre installation, pour nous bâtir un cocon accueillant et chaleureux, m'insupporte la plupart du temps. Je sens que je suis mieux lorsque peu d'objets m'entourent. J'aime le bois de notre cabane. L'idée de ne posséder que les ustensiles utiles à notre survie. Je ne trouve plus de place à l'inutile, même s'il est Beau. Je pensais que cela serait différent pour Maman. L'art a fait partie de sa vie. Elle nous a appris à apprécier le gratuit qui ravit. Pendant ma convalescence, j'ai vu sortir des plaques rouges, puis quelques boutons, dans le cou. Rien de très invasif mais je sentais qu'il fallait que je sois entourée de moins d'objets. Je ne cherchais pas à me débarrasser des choses mais j'avais besoin que notre cabane soit un espace de vie totale et de présence. Les objets m'interdisaient cela. Ils étaient là, attendaient de servir. Ils demandaient à être lavés, ordonnés. Certaines nuits, dans mes délires, il me semblait ressentir de la culpabilité à l'égard de ces objets. Nous ne nous étions pas servies d'un tel ou d'un tel depuis bien longtemps. Je craignais de ne pas honorer l'usage de tel ou tel ustensile, de nier par là-même son existence propre. C'était trop pour moi.

Maman me rejoint et nous marchons un peu. Elle a l'air sévère et doux. Elle a l'air fatigué. Elle semble épuisée même. Lasse. Lasse. Lasse. Mais elle a un livre avec elle. Médée. Et semble étrangement fière d'elle. Elle s'approche de mon oreille et me lit doucement : Toutes les choses sont dures à naître dans ce monde et dures à mourir aussi.

Sur mes joues, je sens ma peau brûlante alors que j'ai les mains gelées. Cet après-midi, nous faisons un grand feu, en plein milieu de la plaine. Nous sortons de la cabane tout ce que nous sentons nous encombrer, en respectant chacune les choix de l'autre. Avec toute cette humidité dans l'air, notre feu met longtemps à prendre et à devenir une belle flambée qui dit: C'est fini. Cela commence. Bonjour. Au revoir. Adieu. Un peu tout ça en même temps. De façon mélangée, comme ce rouge, cet orange, ce bleu, ce noir qui font les couleurs d'un feu. Selon ce que nous y déposons, les flammes s'élèvent plus ou moins haut et font varier leurs teintes. Ce qui aurait pu n'être qu'un grand ménage prend la tournure d'un cérémonial, et les émotions nous cueillent chacune tour à tour. Alors que j'apporte le contenu du tiroir de la commode qui se trouve entre l'escalier et la porte du garde-manger, et qui recèle des trésors inutiles, je retrouve Maman à genoux dans la neige, les mains posées sur ses cuisses et la tête qui tourne le dos au ciel. J'ignore si je dois courir la retrouver, la prendre dans mes bras et lui caresser les cheveux. Ou faire comme si de rien n'était. M'approcher du feu et y jeter un par un ces objets dont je ne veux plus. Des élastiques pour les cheveux, des glands que nous n'avons jamais plantés, un tube de colle, des briquets, des bougies d'anniversaire, des boutons égarés, des prospectus, un gant, du fil de toutes tailles, des morceaux d'outils dont un bout de plastique qui appartenait au démarreur de notre petit tracteur quand nous avions assez d'essence pour le faire tourner. Peut-être dois-je me ruer. Ou m'asseoir à côté d'elle. Toutes ces années que nous partageons comme un butin et j'ignore ce que je dois faire. J'ignore absolument ce que je dois faire. Je ne sais pas ce dont elle peut avoir envie ou besoin. Je ne sais pas ce que je souhaite ni ce que je suis capable de faire. J'essaie de trouver. Il y a toujours si peu d'évidence dans ce que je ressens. Et j'enrage de mon manque de spontanéité, de ces possibles qui s'emmêlent en moi, jusqu'à n'être qu'un amas de fils serrés et noués par endroits. Je repense à ces magazines que notre père nous ramenait parfois des courses. À l'avant dernière page, parmi les jeux, il y avait toujours des labyrinthes. Aide la souris à trouver son chemin pour manger le fromage. Le chien à attraper l'os. La grenouille à gober la mouche. Accompagne le clown jusqu'au chapiteau. Au feutre, je marquais d'un rond plein chacune des intersections, puis je les comptais avant de passer à autre chose. Cette pensée m'apaise sans que j'aie eu le temps d'imaginer que cela puisse être le cas. Je décide de me calmer. J'inspire doucement, et je sens l'air froid passer dans mes narines. Tout va bien.

À l'endroit de notre feu, il y a un grand cercle noir jonché, parmi les cendres, de tout ce qui ne brûle pas. Depuis la porte de notre cabane, on ne voit que cela. Au milieu de la plaine blanche, notre soleil noir. Soupirs de la Sainte et cris de la Fée. C'est notre pattern. Délestée, notre cabane respire. Et je m'y sens mieux. D'ici, je perçois l'odeur des cendres. Mais aussi celle du bois dans notre poêle. Maman lit dans le fauteuil, les jambes repliées sous elle.

Maman ne s'attable plus pour écrire. Elle a refermé son cahier et l'a rangé. Elle continue la lecture, la sienne et celle qu'elle me fait plusieurs fois par jour. Elle adapte le volume de sa voix à mon état, comme si sa façon d'être était câblée sur ma douleur. Assise ou allongée, j'ai du mal à trouver une position agréable, à cause des contusions qui restent encore, et aussi parce que j'ai beaucoup maigri. Les os de mes hanches forment deux pics qui rendent inconfortable la moindre posture sur un temps prolongé. Je suis osseuse. Je suis blanche. Je suis sale. Pourtant, dans cet état, je ne me sens pas dégradée. La privation – de nourriture, de contact, de confort – m'apparaît comme une sorte de purge. Je survis dans un espace réduit, en regardant le plafond en bois de la cabane que je connais par cœur, ou en me laissant surprendre par la diversité aussi prolifique que relative de la vie au dehors en plein hiver. Il y a excessivement peu de mouvements. Dans la cabane, dans la forêt, dans ma tête, dans ma vie. Et j'y trouve un puissant apaisement. Le temps s'écoule dans une forme d'unité totale et continue. À part mes courtes sorties, le quotidien n'est plus rythmé par rien. Rien ne jalonne plus le temps qui passe. Les paroles de Maman, ses lectures ou les maigres repas qu'elle me propose sont les seuls événements qui viennent troubler le flux continu dans lequel ma vie passe. Mon monde forme un tout complet, total, sans aspérités, sans détours et sans risques. Je peux laisser la vie suivre son mouvement fluide et ininterrompu. Elle coule. J'ai l'impression d'avoir l'éternité devant moi. Le sentiment que plus rien de grave ne peut arriver. Je me sens légère, dans cet environnement cotonneux qui me supporte.

Parfois, en fin d'après-midi, quand le jour baisse ses voiles, je ferme les yeux et bascule ma tête en arrière. J'écoute et je ressens, avec la plus grande acuité dont mon être est capable. À travers le noir de mes paupières, je perçois la nuit qui gagne. Mon corps entier est ouvert. Disponible. L'air passe dans chacun de mes pores. J'essaie de capter l'infini silence du monde. Je sonde ses profondeurs abyssales autant que les miennes. Et mon corps se cambre quand j'accède à ce point où tout est pur, où tout est net. Où tout me semble être à sa place. Où tout est d'une justesse absolument parfaite. Les épreuves ne sont plus des failles insurmontables. Elles sont des rides et des gerçures. Elles forment le relief de ma vie. Des bosses et des creux. Le rien de mon monde est un rien plein, dense et total, dont je me repais, dans une sorte de parcimonie grasse. Je sens les battements de mon cœur ralentir, et le drap sur moi comme un linceul. Le fleuve a arrêté son cours. Il n'y a plus de mouvement. Plus aucun. Plus de connexions, plus de liens. Plus de questions, plus de possibilités. Plus d'options. Je n'ai plus à penser à rien. Je n'ai plus peur de rien. Nous manquons de nourriture, nous portons nos deuils et nos cadavres, nous sommes blessées, nous sommes seules. Mais je n'ai plus peur de rien. J'ai lâché la rive et je suis là, précisément, au milieu du gué. Sans projection vers l'autre rive. Je me laisse emporter par le courant. Je file avec lui. Mes souvenirs se mêlent à mon quotidien. L'unité de temps de ma vie confère une unité suprême à mon existence. Je suis Une. Les choses sont et cessent à la fois. Et moi, je peux enfin être fatiguée. Je peux abandonner. Dans cet état, je ne me sens pas dégradée, mais élevée. Édifiée.

Nous stockons le bois dans un abri aéré et couvert qui jouxte la grange. Il est ainsi protégé de la pluie et de la neige. Chaque semaine, nous fendons la quantité dont il nous semble que nous aurons besoin. Et chaque soir, nous portons les bûches dans la cabane pour alimenter le poêle. Lorsque le bois se réchauffe, il arrive que les blattes qui vivent sous l'écorce se réveillent et sortent des trous.

L'hiver gèle la terre sur près de trente centimètres de profondeur. Lorsque le temps se réchauffe rapidement, les cristaux de glace contenus dans le sol fondent brusquement. Nos allées argileuses, dépourvues d'assises en pierre ou en graviers, se désagrègent alors en une boue spongieuse qui colle aux chaussures. Elle retient nos pas et alourdit notre démarche. Mais y patauger peut m'occuper des heures durant.

Notre père n'avait jamais voulu que nous ayons des poules parce qu'il trouvait que cela sentait mauvais. Lorsque nous sommes arrivées ici, Maman et moi avons entrepris de fabriquer un poulailler et d'acquérir quelques volatiles avant même d'avoir des draps à poser sur nos matelas. Nous avions récupéré des matériaux dispersés mais investi dans un bon isolant pour que la chaleur corporelle des poules leur fasse office de chauffage. Nous l'avons conçu petit, avec un plafond bas pour qu'il y ait le minimum d'air à réchauffer. Nous avions fait une petite ouverture à chaque extrémité, pour récupérer les œufs et la paille usée, et pour déposer la nourriture et l'eau. L'hiver, nous essayons d'être les plus rapides possible lors de ces manipulations, pour éviter au froid de pénétrer à l'intérieur du cocon. L'épaisseur de neige sur le toit augmente l'isolation et si nos poules ne sont pas trop idiotes pour s'aventurer dehors au moment des plus grands froids, elles survivent aisément à nos températures glaciales. La première année, nous n'avions pas graissé la crête de nos toutes nouvelles colocataires et l'une d'entre elles avait eu à subir une engelure pour laquelle j'avais culpabilisé plusieurs jours durant.

Notre cabane est une annexe. Lorsque nous vivions ici tous les quatre, elle servait aux invités parfois. Nous logions quant à nous dans une plus grande maison que nous n'avons ouverte qu'une seule fois depuis notre retour, pour les déménageurs qui y ont entreposé nos cartons. Tout doit y être intact. Nos affaires laissées lorsque nous sommes partis en ville. De quoi revenir les week-ends. Cet endroit est une réserve. Territoire à part. Quand la faim nous poussera plus loin au dehors, nous irons sans doute y chercher quelques restes s'il y en a. Des féculents et des condiments abandonnés peut-être. Même un sèche-cheveux j'imagine.

Dans la grange, il y a sur les étagères des rangées et des rangées de bocaux et de pots, sur lesquels des étiquettes informent de leurs contenus. J'y retrouve l'écriture de notre père, et de mon frère et moi à l'époque de nos balbutiements graphiques. Boulons. Cavaliers. Ressorts. Clous. Vis. Des déclinaisons de diamètres et de millimètres. Nous avons déplacé l'ensemble des dizaines de fois pour tenter d'apprivoiser ces ressources de ferraille. Mais notre ignorance a souvent eu raison de toute appropriation utile. Sur l'établi, les pots essentiels, des clous et des vis au final, trônent et s'abîment en même temps. Les autres sont relégués aux hautes étagères où ils luttent à leur façon contre la poussière et la rouille. Au fond des poubelles, on retrouve rarement les couvercles des vieilles boîtes à café. Les outils sont quant à eux entassés de façon parfaitement aléatoire. C'est très esthétique, cet amas de bois et d'acier marronné par le temps. L'outil dont on a besoin est toujours celui qui est le plus loin dans le fatras ; c'est un mystère que je n'explique pas. Les jours de patience, je les enlève un par un et je joue à imaginer ce à quoi peut bien servir tel ou tel outil dont la forme me semble obscure. Les outils du jardinier et du bricoleur sont en réalité des ustensiles de torture pour la terre. Les jours sans patience, je glisse ma main dans une faille, accroche le manche convoité et tire de toutes mes forces, accompagnant mon geste de jurons dont le pouvoir de démêlage n'a jusqu'à présent jamais fourni la moindre preuve. Mes pieds sur le sol sableux brassent de la poussière qui blanchit mes vieilles chaussures, en même temps qu'elle me fait éternuer.

La plaine qui sépare la cabane de la forêt me fait l'effet d'un no man's land entre deux lignes de front. Les saisons y passent de façon franche et nette et à part un fin sentier dessiné par nos pas qui rejoignent les arbres, et quelques passages d'animaux, il n'y a aucune autre trace de nous dans cet espace. Au printemps et en été, si cette plaine n'est pas fauchée, elle est envahie d'herbes, de ronces et de roses multiflora qui peuvent se montrer très envahissantes. Nuisibles diraient certains, mais je me refuse à cette idée. À une époque, la rose multiflora était considérée comme une plante miracle. L'un des livres de notre bibliothèque détaille ainsi son intérêt. Ses fruits sont mangés par les oiseaux et sa prolifération rapide fait qu'elle peut servir de haie vive impénétrable. C'est ce que nous avons pu observer dans notre plaine. Fut un temps où les propriétaires fonciers ont été encouragés à planter et entretenir leurs roses multiflora. Les oiseaux s'en sont régalés mais les graines conservant leur fertilité dans l'appareil digestif des volatiles, elles ont voyagé via les fientes des oiseaux. Les roses multiflora, sans discipline aucune, ont ainsi proliféré, y compris aux endroits où leur présence n'était pas souhaitée. Notre livre termine sur une note que je trouve délicieuse : Il est impossible d'arracher les roses multiflora car leurs racines, à la façon des hydres, donnent naissance à d'autres plants. Je n'ai pas la moindre idée de ce que sont les hydres dans le domaine botanique. Mais j'aime le parallèle mythologique et j'ai plaisir à imaginer l'hydre de Lerne qu'Héraclès eut à combattre. La régénération des têtes tranchées me livre à des songes et j'imagine mon ragondin renaître éternellement, hermétique aux flèches enflammées de ses prédateurs, livrant bataille dans son marais. Dans ma version, nul rocher pour enterrer la tête immortelle du rongeur mais des troncs d'acacia ciselés pour piquer celles de ses prétentieux assaillants.

Avant que les alentours ne soient abandonnés par leurs propriétaires, il y avait une certaine vie ici. Les gens coupaient et vendaient du bois. Ils défrichaient la terre pour créer des pâturages, ramassaient des fruits sauvages et les vendaient aux usines alimentaires. D'autres étaient des négociants en fourrure qui piégeaient les animaux pour vendre leurs peaux. Ils les étalaient et empochaient l'argent.

Cela aurait pu être tellement bien. Oui ! Oui ! Oui ! Dire oui ! Embrasser le monde. Se réjouir ! Ces merveilles à découvrir. Rencontres à faire, personnes à aimer. Des sourires. Au moment des orages, voir les coins de ciel bleu. Et boire, et boire, et boire, à la santé des gens heureux ! Traverser légèrement. Traverser avec légèreté. Cela aurait pu être tellement bien.

Notre propriété est régie par sa topographie mais elle n'obéit plus à aucune géographie. Peu importe où nous sommes dans le monde. Notre continent et notre pays n'existent pas ici. Les seules choses qui valent sont la botanique, la géologie et l'hydrographie. Je ne me concentre plus que sur le rythme des saisons, les allers et venues des animaux, les floraisons. Avec la nature, la communication est sans mot et sans langue. Je peux me passer de patrie et de papiers d'identité.

L'homme que j'ai aimé et qui m'a quittée m'a enseigné tellement de choses en étant juste lui-même qu'il m'a légué je crois, un souvenir par jour et je pense à lui chaque jour. Il m'a appris à aller aux enterrements des proches des gens auxquels je tenais, à penser à dire oui avant de dire non, à aller dans des parcs d'attractions, à manger et dépenser de l'argent plus que de raison parfois, à dormir nue en été, à arrêter de culpabiliser et la lecture d'un livre que je n'aime pas, à dire franchement les choses et à considérer que ce que l'on ne dit pas n'est pas censé être compris par autrui, à ne pas trembler en passant devant ces hommes hardés à l'orée des bars. Il m'a permis de devenir mieux que moi-même. Je l'ai tellement aimé. Pour ce qu'il a fait de moi, et pour ce qu'il était lui. Comment nommer le sentiment amoureux ? Sa puissance fragile qui rend tout absolument impérieux. Aimer entièrement est une chance.

Cet hiver particulier me libère. Il m'abandonne ici. Debout je crois. Assaillie et prisonnière, sur le matelas chauffé au bois et parfumé de mes douleurs, il m'est arrivé de le trouver cruel. Mais il est venu remettre de l'ordre dans nos chaos. En ne nous considérant pas différents des autres vivants ici, en nous resituant dans la grande chaîne des prédateurs et des victimes, en nous imposant son froid et sa faim, il est venu geler ce qui devait l'être et pousser notre vie au dehors. Je mets en ordre ce que j'ai compris de moi, du fonctionnement de mon cerveau qui traîne et mélange mes émotions. Je prends ma place de vivante, derrière ceux qui sont partis ou qui sont morts. Je retrouve les composants de mon corps et leur nouvel ordonnancement. J'étais déplacée, puis l'hiver est venu.

L'extrémité de mes ongles tombe sur les lattes de bois, comme des croissants de lune durs, blancs ou noirs. Un. Deux. Trois. Quatre. Cinq. Un, deux, trois, quatre, cinq. Je suis plus habile de la main droite. Éplucher une pomme en essayant de ne faire qu'un seul lambeau de peau, qui ondule en se hissant hors de l'économe. Tracer un sillon droit dans la terre. J'aimerais ne plus avoir de cheveux pendant quelque temps. Découvrir de nouvelles sensations sur cette partie de peau épargnée. La matière de la taie d'oreiller.

Pour le vent, la température et l'humidité, nous avons appris à nous fier à nos sens que l'expérience est venue ciseler au fil du temps. La question météorologique tient une place centrale dans notre vie, surtout pour moi. Je suis obsédée par le temps qu'il a fait, qu'il fait et qu'il va faire. Les thermomètre, baromètre, pluviomètre et girouette sont je crois, les seuls outils un peu élaborés de notre environnement. Je les consulte chaque soir et chaque matin comme des oracles, et je fais beaucoup d'efforts pour ne pas me laisser envahir par ces données du ciel. Peu à peu, j'apprends à lâcher et à tirer parti de ce que je ne maîtrise pas. Je révise mes plans et me remets à la couleur du ciel, à ce qu'il en tombe, ou pas, aux degrés qui ordonnent notre confort, ou pas, mais c'est un chemin compliqué pour moi. Le temps qu'il fait, surtout ici où les saisons sont très nettement marquées et emmènent les températures du côté des extrêmes, régit l'organisation générale, des travaux de bricolage à ceux de jardinage, des plantations aux récoltes. Si je suis – j'en ai le sentiment – en passe de maîtriser mon rapport au temps qui passe, je suis encore loin de vivre avec philosophie ma relation à celui qu'il fait. Je vais y arriver. En attendant, je me casse le cou.

Dans les planches dont notre cabane est faite, j'aime observer les nœuds qui perturbent le fil du bois. Certains se décrochent parfois et tombent platement sur notre plancher, comme de vieilles dents.

Ce matin, j'ai vu un cerf, de l'autre côté de la plaine. Il longeait le grillage avachi en limite de notre propriété. Je crois qu'il tentait, par la lenteur de sa démarche, d'atténuer la noblesse de sa silhouette. Roi humble. Il a levé la tête pour regarder dans ma direction ; je n'avais pas le vent pour moi. Ce vieux-là avait déjà perdu ses bois et en rentrant, j'ai relu un extrait de notre anthologie animale : Les bois, par lesquels la nature fait signe : ces deux perches hérissées d'andouillers, façonnées de perlures, rainures, empaumures aux épois aigus, cette ramure dont le nom, la forme et la couleur semblent sortir des arbres et que chaque année élague comme un bois sec, chaque année les refait pour donner la preuve visible que tout renaît, que tout reprend vie ; par la chute et la repousse de ces os branchus qui croissent avec une rapidité végétale, la nature affirme que sa force intense n'est qu'une perpétuelle résurrection, que tout doit mourir en elle et que pourtant rien ne peut cesser.

L'hiver n'est pas un ennemi. C'est une période où l'on se déplace moins, qui apporte le calme et la paix. En hiver, on ne peut pas faire de projets à longue échéance. On doit se préserver. Même la respiration doit s'adapter. Il faut apprendre à préférer respirer par le nez que par la bouche qui représente un itinéraire trop direct jusqu'aux poumons. En filant par les cavités nasales, l'air gelé se réchauffe et abandonne certains de ses germes et particules. Il est plus prudent de ne pas avoir à courir en hiver. La lenteur reste donc un excellent gage de survie et je m'en réjouis.

Je pense que Maman va mourir demain. Je serai près d'elle, si je ne meurs pas avant elle. Il me semble que j'en suis capable. L'hiver, la sève des arbres tombe dans leurs racines. Il me faudra sans doute quelques semaines encore, au creux de cette saison faussement endormie, pour retrouver l'intégralité de mes forces et me remettre vraiment debout. Viendra le printemps ensuite et j'aurai sans doute retrouvé ma forme originelle. Maman pourra alors se reposer sur moi.

librinova

www.librinova.com

Achevé d'imprimer chez Sobook le 12-12-2018

LINSELLES - FRANCE

N° impression : 529 112